罪科釣人奇譚
—トガツリビトキタン—
「……何を恐れる？　これが君の『願望《ねがい》』だろう？」
甲田学人
イラスト◎三日月かける
夜魔
—奇—

p73
薄刃奇譚
——ハクジンキタン——
手首にカッターナイフの刃を押し当てて、思い切り力を込めて引く。
薄い刃が皮膚の上を滑って肉の中に切り込んだその瞬間、
冷たい寒気が電気のように全身に走り、次いで痛みが傷に走った。
手首の皮膚が切り裂かれて、ぱっくり口を開けた。
中に覗く肉から赤い血が染み出して、腕を伝った大きな血の雫が、
ぼたぼたと幾つも床へと落ちた。
——僕は死ぬ。
お前らのせいだ。

P127
魂蟲奇譚
——コンチュウキタン——

この世界には〝蟲〟がいる。

その〝蟲〟は、見える人と見えない人がいる。

ほとんどの人には、その〝蟲〟は見えない。

しかし僕には、その〝蟲〟が見える。

「なあ……あの〝蟲〟は、一体何なんだ？」

「——死んだ人の魂だって」

p187

桜下奇譚

——オウカキタン——

ざあっ、

とひときわ強い風が、枝葉を鳴らして——

積もった花びらの上に立って、こちらに笑顔を向けていた少女の姿が、

さざなみの立った桜色の下に、

とぷん、

と沈んで、消えた。

一番の仲良しだった野瀬千鶴子という女の子が、

一緒に遊んでいた小学校の校庭から忽然と姿を消して、十年。

あの時千鶴子は、桜の花びらの下に沈んだのだ。

P269

現魔女奇譚

——ユメマジョキタン——

——物心ついた時、私はすでに〝魔女〟だった。

私は魔法の杖もないし、空飛ぶ箒もなければ、
使い魔の黒猫も連れていない。
なんにも、ない。
それでも私は、確かに〝魔女〟だった。

夜魔
—奇—

甲田学人

イラスト◎三日月かける

デザイン◎荻窪裕司

ユメはちいさな女の子。

ちいさなかわいい女の子
くろいようふくをきて、ほうきをもって、くろねこのグリをよびました。

「わたしは魔女よ」

「にゃあ」

でも魔法はつかえません。


ユメは、おそとにいっぱいおともだちがいます。

いつもユメはおともだちに会いに、おそとへあそびにいきます。

「いってきます、ママ」

「気をつけてね」

「おともだちがいるから、へいきよ」

でもおともだちは、ユメとグリにしか見えません。

うらのあき地には、神さまがいます。

長いおひげの、おおきな神さま。

雲までとどく、せのたかさ。

せまいあき地に、きゅうくつそうに立っています。

「へんなの。神さまがあき地にいるなんて」

ユメは言いました。

「神さまは、だれのものでもないんだよ。だからほんとうの神さまは、だれのものでもない、あき地にいるんだ」

神さまは言いました。

「でも、いつかこのあき地にも、おうちができるよ」

「そうだね。だからだんだん神さまのいるばしょはなくなっているんだ。ちきゅうには、にんげんのものが多すぎるからね」

——いちい・ゆめこ『ちいさな魔女ユメ』

――物心ついた時、私はすでに〝魔女〟だった。

†

私は魔法の杖《つえ》もないし、空飛ぶ箒《ほうき》もなければ、使い魔の黒猫も連れていない。

なんにも、ない。

それでも私は、確かに〝魔女〟だった。


絵本を見た時に、気がついた。

黒猫を連れて箒を持った、小さな魔女の、小さな冒険を描《えが》いた絵本。

近所の空き地に、壁に開いた穴に、開いた絵本に、隠れている小さな冒険。

大人《おとな》たちが「不思議なお話だね」と言うこの絵本が、どうして不思議なのか、私には少しもわからなかった。

絵本の、魔女の格好をした小さな女の子は、それらを当たり前の事だと思っていた。

私もそれらを、当たり前の事だと思っていた。

そこらじゅうにいる、〝妖精《ようせい》さん〟、〝幽霊さん〟、〝神様〟、〝悪魔〟。

それ以外に形容する言葉のない、でもどう呼んでも正しくない、そこにいるものたち。

大人たち、いや、子供たちにも見えていないらしいと、気づくまでに随分《ずいぶん》時間がかかった。

私はそれらがいる事を全然不思議に思わなかったので、誰《だれ》にもそれらの事を訊《たず》ねたりはしなかったからだ。

私だけが見ている、そこにいるものたち。

それに気がついた時、私は気がついた。

ああ、そうか、と。

私も、同じなのだ、と。

私が、何者なのか、と。

私はあの絵本の女の子と同じ――〝魔女〟なのだ、と。

罪科釣人奇譚

——トガツリビトキタン——

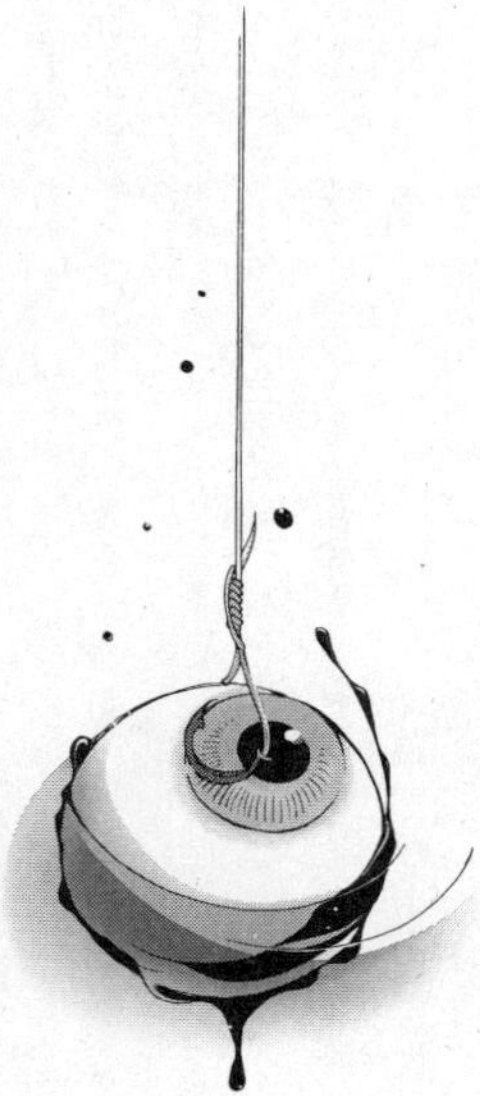

1

――その男は「陰《カゲ》」を引き連れて現れた。

それは誇張でも何でもなく、実際『彼』が現れた途端に突如《とつじょ》として陽《ひ》が翳《かげ》り――清々《すがすが》しい光輝に満ちていた朝はあたかも異界のように、禍々《まがまが》しい陰に覆《おお》い尽くされた。

それはあまりに速やかに、周囲の世界を塗りつぶした。そして爽《さわ》やかな朝の河川敷を、一瞬にして、危険な夕闇《ゆうやみ》の川縁《かわべり》へと変えてしまった。

美貌《びぼう》の男だった。

戦前から迷い出たような、大時代な服装の男だった。

黒よりもなお暗い、それでいて全くの闇でもない夜色《ヨルイロ》の外套《マント》に身を包み、『彼』は雰囲気の一変した世界の中央に超然と立っていた。まるで翳りという現象が、『彼』を中心にして起っているかのように。

『彼』は嗤《ワラ》った。

長髪に縁取られた、怖気《おぞけ》をふるうほど端正な白い貌《かお》。その一部である口が、三日月形に切り割られたかのように薄く開かれ、嗤っていた。

『彼』の丸眼鏡《まるめがね》越しに、目が合った。

漆黒《しっこく》の瞳《ひとみ》は暗く、深く——それは全《すべ》ての光を呑《の》み込み、暗黒を映し出す虚無の瞳だった。

その瞬間、解《わか》った。

『彼』が何者であるか。


『魔人』


人の噂《うわさ》に聞いたことがある。この都市《まち》に棲《す》むという魔人の事を。

曰《いわ》く、暗闇《やみ》より現れ、人の望みを叶《かな》えるという生きた都市伝説。夜より生まれ、永劫《えいごう》の刻《とき》を生きるという昏闇《くらやみ》の使者。

まさか本当に実在するとは……

『彼』は音もなく、すれ違うように脇《わき》を通り過ぎた。

束ねられた黒髪が視界の端へと消えてゆく。そして微《かす》かに見える、横顔が囁《ささや》いた。

「……やめておきたまえ………」

甘い声だった。

どろりとした、死の誘惑のように、甘い声だった。

†

私が『彼』に出会ったのは、ある夏の日の朝の事だった。

昨晩から続いた雨が未明には上がった、早朝。湿った空気が早朝の河川敷に、一時的ながらも涼しさを作り出している、そんな時間の事だった。

土手上の砂利道。水たまりが鏡のように光り、目に眩《まぶ》しい。

私はこういう日にはいつも「釣《つ》り」をするため早起きして家を出る。私は勤め人であるし、何より雨上がりの朝、こういった風のない時間帯が、最も「釣り」には適しているからだ。

それでも「釣り」に興じるあまり、結果的に会社に遅れてしまう事も少なくない。

私は鼻歌を歌いながら、砂利道を歩く。良い「釣り」のスポットを探すためだ。

別に場所によって「魚」が釣れる確率が変わる訳ではないのだが、やはり良い「魚」は良いスポットにいる。

変わったスポットには変わった「魚」がいるものなのだ。

――ここがいいな。

私は湿った砂利土の上に鞄《かばん》を置くと、鞄やスーツが汚れるのも構わずその上に腰掛けた。

そんな事は些《さ》細《さい》な事だ。つまらない事を気にしていては「釣り」を楽しむ事などできはしない。

道具を取り出す。内ポケットに入れた小さな封筒。

その中にある手製の針と糸だけが、私の「釣り」の道具だ。

糸の端にティーバッグのような紙片が付いている。

それを引き出せば準備完了。針は初めから糸の先。

私は針を水面《すいめん》に降ろす。

糸の中ほどに手を添えて、静かに、静かに――水たまりへと――私は銀色に輝く針を、ゆっくりと降ろしてゆく。

すう

と鏡のような表面に、磨《みが》き上げられた釣り針が吸い込まれた。

波紋が一筋だけ、映った空を歪《ゆが》ませながら広がり、消えた。

するすると、針を降ろす。

針と糸は面白いように水たまりへと呑《の》み込まれてゆく。

穏《おだ》やかな水面。

泥の色をした水たまりの底と、水面に映った薄蒼《うすあお》い空が、同時に目の前にはある。

針は水たまりの底には着かず、鏡像の空へと沈んでゆくように見える。水面《みなも》を貫《つらぬ》く糸は、決してその動きで鏡面を乱す事はない。

そこで手を止める。そして、待った。

いまの私はさぞ奇妙に見えることだろう。通勤途中のサラリーマンが、土手道に座り込んで水たまりに糸を垂らす光景は。

気にすることはない。そうしている間《ま》も私の心は釣人《つりびと》の無心に満たされてゆく。嵐《あらし》の前の静けさというか、嵐を待つ、この静かな精神状態が私は好きだ。そして「魚」が掛かり、突如《とつじょ》としてやって来る嵐のような興奮も。

だがその時、砂利の音がした。

足音が、聞こえたのだ。

二種類の足音が、背後から砂利を踏みながら近づいてくる。人と、おそらく犬。

歓迎できない来訪だった。これでは何のために人気《ひとけ》のない河川敷を選んだのかわからない。

そうする間《ま》に私の横を、大きな犬に引きずられるようにして一人の少女が通り過ぎた。小石が跳《は》ねて、水面《みなも》が揺れた。

――――ち……!

舌打ち。

台無しだ。これで「釣《つ》り」にならなくなった。

憎悪《ぞうお》の呻《うめ》きをあげて思わず顔を上げる。

目が合った。少女は犬に引かれながら、興味深そうにこちらを振り返っていた。可愛《かわい》らしい娘《こ》だ。見立てでは中学生くらいだろう。やや茶がかった髪を肩の辺りで切り揃《そろ》え、丸顔に屈託《くったく》のない大きな目。瞳《ひとみ》はちょっとした好奇心にくるくると輝いている。

私はその瞳に、私自身の姿が映っているのを見て取った。世界を映す、綺麗《きれい》な瞳。

怒鳴ってやろうと思っていたが、すっかり気が変わっていた。はっきり言ってしまえば私は魅《み》せられたのだ。

ふと気が付いて、視線を外した。見慣れないものが落ちていた。

財布。

革製の、趣味のいい財布。さっきまでこんな物はここには無かった。

拾い上げ、視線を上げる。彼女も私の拾い上げた物に気づいたようで、「あっ」という顔をして、慌《あわ》てて犬の紐《ひも》を引いた。

私は微笑《わら》って立ち上がった。

「……これ、君の？」

ようやく巨大な犬の進軍を止めた少女に、私は近づきながら訊《たず》ねた。

「ごめんなさい、わたしのです。落としちゃったみたいで……」

照れ笑いを浮かべて、少女が答える。

無防備な瞳《ひとみ》だ。私はますます気に入った。

「いえいえ、気をつけてね」

言いながら、私は財布を手渡した。

そして――――

私は突然彼女に覆《おお》い被《かぶ》さるように身を乗り出すと、驚いて見開く彼女の目に、ひた、と視線を合わせ、その瞳を真っ直《す》ぐに覗《のぞ》き込んだ。

精緻《せいち》な硝子《ガラス》細工のような彼女の眼球。

驚愕《きょうがく》の表情で私を見上げる瞳には、私の顔と空の青が映っていた。

私は大きく目を見開き、彼女の眼球をさらに深く覗き込む。

視線を角膜《かくまく》の中へ滑り込ませ、水晶体《すいしょうたい》の内部を探る。

網膜《もうまく》を越え、眼底まで、そして彼女の見ている映像の中にまで視線を差し込む。這《は》わせ、調べ、把握《はあく》する。

……やがて、形無き手応《てごた》え。

――――よし、つかんだ。

彼女の目は大きく見開かれたまま、すでに瞬《まばた》きすらしていなかった。

私の目につられて目を見開き、見合わせたまま微動だにしない。恐らく視線を外すこともできないはずだ。そう、私が視線を外さない限り。

一種の心理操作だ。

彼女の目に怯《おび》えが走ったが、もう遅い。

すでに指一本、自分の意志では動かせまい。思考も鈍麻《どんま》し、だんだん意識に霞《かすみ》がかかって……

ほら、もう何もかも、どうでも良くなってしまっただろう？

彼女の目が焦点を失い始める。

私は彼女に語りかける。

「……大丈夫、心配いらない。怖くない。痛くもない。君の目を、君の瞳を、もっと、もっと、よく見るだけだから」

私と彼女の目はもはや鏡となった。

私がさらに目を開けば、彼女もつられてますます大きく目を開く。

徐々に。

大きく。

さらに。

もっと、もっと、目玉がこぼれ落ちるほどに…………

「！」

その時、私は見た。

これ以上ないほど見開かれた彼女の目。その瞳に、蒼《あお》く、蒼く映る空の中に、一瞬さっ、と何かの影がよぎったのを。

「それ」はあまりにも素早く、またその全容を捉《とら》えるには瞳《ひとみ》という窓はあまりに小さすぎた。

けれども私は、「それ」が何であるか知っていた。

「それ」こそ…………

私は手の中の釣《つ》り糸を握り締める。

灼《や》けるような期待が、胸の中に膨張《ぼうちょう》する。

私の口が、歓喜によって笑みの形に大きく歪《ゆが》んだ。

……その時だ。『彼』が、現れたのは。

――――ざわ

風が吹いた。

風が雲を呼んだのだろうか。周囲がみるみるうちに影に覆《おお》い尽くされて――気づいた時には男が立っていた。私の目の前、そこに『彼』は、立っていた。

いつの間に現れたのか、それどころかいつ近づいて来たのかさえ、私には全く判《わか》らなかった。

この砂利道。歩けば必ず足音が立つはずなのに。

忽然《こつぜん》と、『彼』は現れた。

『彼』はまるで死角から現れたような、それはまるでホラー映画で画面が一度よそを向き、そして再び元の位置に戻る一瞬の間に現れる怪物のような――――そんな印象を、私に与えた。

そうとしか説明できない出現だったのだ。

『彼』は夜色の外套《ヨルイロマント》を身に纏《まと》い、陰《かげ》と共にそこに立っていた。

そして……嗤《ワラ》った。

――悪霊《アクリョウ》ハ嗤《ワラ》ウ。ダガ微笑《ホホエ》ムコトハ無《ナ》イ――――

誰《だれ》の言葉だっただろうか？

『彼』が人間《ひと》でない事は目が合った瞬間に判った。そしてこの街に棲《す》むという、夜闇《よやみ》の魔人の伝説も。

『彼』は音も無く私たちの横を通り過ぎると、私の視界の端で小さく振り向いた。

そして〝どろり〟と、甘く、昏《くら》く囁《ささや》いた。

「……やめておきたまえ……巷《ちまた》で噂《うわさ》の連続殺人鬼、阿坂洋介《あざかようすけ》君…………？」

「…………！」

どっ、と汗が噴き出した。

――何故《なぜ》知っている？　私の名前と、そして何より私の正体の事を……！

「……その問いには答えは無い。答える事は可能だが、それは君にとって答えになってはいないだろう」

――心を読まれている！

『彼』の嗤《えみ》いが深くなる。それは私の問いへの、何よりも明確な答えだった。

そして恐らく……『心を読まれている』という答えは正しく、また正解ではない。

「警告しよう。やめておきたまえ。その娘の持つ願望《のぞみ》と宿命《さだめ》は、君ごときの糧《かて》となるには全く釣《つ》り合わぬ存在だ……」

『彼』は言った。

囁《ささや》くような、それでいて奇妙にはっきりと響く声。それは闇《やみ》より語りかける、あの怪異譚《かいいたん》の低く眠たげな声のように、どろりと、不気味に私の耳へと響く。

私は……動けなかった。

『彼』を視界の端に捉《とら》えたまま、私は振り向く事さえできなかった。

ただ汗だけが背中を濡《ぬ》らし、額を伝って落ちてゆく。

「恐怖」が私の心を塗りつぶしていた。捕食者に出会った動物さえ、恐怖を糧に逃げ出す事ができるだろう。

しかし私は逃げ出す事すら許されなかった。どこにも逃げられはしないのだ。この恐怖は闇への恐怖。悲鳴をあげる本能が私にそう告げていた。

闇だ、闇だ、恐ろしい闇だ。『彼』が闇だとするならば、暗闇の無い場所などこの世の何処《どこ》にも在《あ》りはしないのだから。

視野の端で、『彼』が私に向き直る。昏《くら》い瞳《ひとみ》が、私を見据《みす》える。

闇の目だ。

吸い込まれるような――――いや、呑《の》み込まれるような漆黒《しっこく》の瞳。

人ではありえない、底なし沼のような暗黒の瞳。暗い、暗い、それは死の沼。その表面は光を返すが、昏《くら》い深淵《しんえん》は決して見る事はできない。

その胎内《なか》に何が棲《す》むのかさえ、決して見える事はない。

私はただ震えた。

恐ろしかった。

初めてだ。こんなに恐ろしい……そして美しい眼《め》は…………！

「……納得してくれたようだね。話が早くて助かるよ」

『彼』は私の恐怖を見て取ったらしい。ふと満足げに嗤《わら》い、ついと背を向けた。

私を縛《しば》っていた恐怖が途端に霧散《むさん》して消えた。

――――助かった……！

硬直していた全身が、反動で急激に弛緩《しかん》する。

私は酸素を求めて喘《あえ》ぐように息をする。そして………おそるおそる、私は『彼』を振り返った。

黒い人影が、足音も立てずに歩み去って行こうとしていた。

思わず口をついて、言葉が出た。

「……あなたは……」

「……何者か、か？」

言葉にならない私の台詞《せりふ》を、『彼』は引き取った。そして詠《うた》うように、答えた。

「〝夜闇《よやみ》の魔王〟、〝名付けられし暗黒〟、様々の名で私は呼ばれる。だがもし、最も本質的かつ無意味な名で私を呼ぶのであれば――」

雲が切れ、陽光が光条となって差し込んだ。

私は眩《まぶ》しさに思わず目を細め…………

「――私の名は、神野陰之《じんのかげゆき》という」

その時には、『彼』の姿は消えていた。

陰も、闇も、『彼』の存在を証明する全《すべ》ての要素は朝の空気と光の中に、あたかもそれは悪夢のように、溶けて消えてしまっていた。

気持ちの良い、ごく普通の朝が急速に周囲に広がっていき、全てが元へと戻っていった。

空にあった厚い雲も、高空を吹く風に運ばれたのか影も形も見えなくなってしまっていた。

文字通り、霧散《むさん》していた。

目が覚めた気分になった。

振り返れば、あの少女が何事もなかったかのように犬に引かれて遠ざかっていた。

『彼』の痕跡《こんせき》は、もはやどこにも残っていなかった。私だけが朝の河川敷に立ち尽くしていた。まるで今までの出来事が、私だけの見た白昼夢であったかのように。

しかし――

私の手には、あの財布が握られていた。

夢などではなかった。彼女の財布の、この革の手触りだけが『彼』が夢などではない事を証明している。

貪《むさぼ》るように、中を検《あらた》めた。

中学校の生徒証を見つけ、乱暴に引き出した。

――十叶《とがの》……詠子《よみこ》。

変わった名前だ。

あまり写りの良くない、顔写真が貼《は》られていた。

それを見て、私は無意識に彼女の瞳《ひとみ》を思い出していた。綺麗《きれい》な瞳。しかし回想は即座に恐怖に塗りつぶされた。

『彼』の恐ろしい、漆黒《しっこく》の目の記憶によって。

身震いした。きっと彼女の瞳を思うたび、何度でも『彼』の恐怖は蘇《よみがえ》るのだろう。

巨大な脅迫《きょうはく》力。

だが、畏《おそ》れはなかった。

——釣《つ》りたい…………！

私の欲求が、狂おしく叫んだ。

欲求が、恐怖を塗り潰《つぶ》した。

実行すれば、恐らく私の命はない。

しかし死の恐怖すら、私を止めるには至らなかった。

——いいのか？　死ぬぞ？

私は自身に問うた。

それでも……

私はそれでも…………

私は、私は、それでも…………

この、釣糸《つりいと》を、あの美しい瞳《ひとみ》に…………差し入れる事を、欲していたのだ。

†

生きたまま目玉を刳《く》り抜く連続殺人鬼、阿坂洋介《あざかようすけ》は一人河川敷で哄笑《こうしょう》を上げていた。

まるでその笑いで天を引き裂《さ》こうとしているように、いや、そうする事で天と同等の何かを引き裂こうとしているように…………殺人鬼はいつまでも、笑い続けていた。

鏡の中には魚が棲《す》んでいる。

2

そんな事実に気づいたのは五歳の夏、確か私の祖母が死んだ夜の事だったと記憶している。

通夜《つや》を前に、子供は私一人だった。

大人《おとな》は何やら難しい話をしているようで、誰《だれ》もかまってくれなかった。

だから私は一人で遊んでいた。

祖母の寝室だった部屋。そこで私は遊んでいた。

何をして遊んでいたかは憶《おぼ》えていないし、語る必要もない。子供の想像力にまかせた遊びはとりとめがなく、何の意味もないのだから。

そう、そんなものはどうだっていいのだ。

このあと私が見たものに比べれば、そんなものは語るにも値しない。

最初に気づいたのは、部屋のどこかで何かが、ちらり、と動いて見えた事だった。

それはそう大きな物ではない、例えば視界の端を羽虫か何かが横切って、はっ、とそちらを反射的に見るといった類《たぐい》のもので、その時点では私もさほど気にしてはいなかった。

だが、すぐに気になり始める事になる。

まずはその色だった。虫にしてはあまりに鮮やか過ぎる、その朱《あか》い、朱い色に気づいた時、「それ」は初めて私の注意を惹《ひ》いた。

そして気づくと同時に、「それ」の大きさにも気づかされる事になった。手にしたミニカーよりも、「それ」は明らかに一回り以上大きかったのだ。

そんな物が部屋を飛び回っているわけがなかった。そんな昆虫は当時の——恐らく成人した現在の私よりも遥《はる》かに博識な、私の昆虫知識になかったのだ。

それでも私は昆虫だと思った。

当時はどこかの昆虫好き少年が新種の蝶《ちょう》を発見してニュースになり、ひそかに子供達《たち》の間で新種探しが流行していたのだった。

そんなわけで、私は「それ」の正体を探し始めた。

「それ」の見えたと思われる、祖母の寝室の端、背の低い小間物簞笥《こまものだんす》のある辺りに私は目を光らせ、次に見えたときには絶対に見逃さないように待ち構えた。

ずいぶん長く、そうしていたと思う。

というのも、ちら、と赤い切れ端のようなモノが急に視野にひらめいた時、すでに集中力を失っていた私は、とっさに応じることができなかったからだ。

あっという間に見失ってしまった。慌《あわ》てて「それ」の見えた辺りに駆け寄ったが、そこには箪笥があるだけで「それ」の姿など影も形も見えなかった。

がっかりした。

そして呆然《ぼうぜん》とした、その時だった。

ぎくり、と私は動きを止めた。

私の横に鎮座《ちんざ》した、鏡。箪笥の上に据《す》えられ、その鏡面に私の横顔が写っている、こちらを見ている丸い鏡面に——そこに——「それ」は、存在していた。

——すう

と金魚が、泳いでいた。

朱《あか》い、朱《あか》い、愛らしい金魚が、すうぃと泳いでいるのが、鏡に映っていた。

いや、それは鏡像ではない。

この部屋には水槽《すいそう》も金魚鉢も無いのだから。

「それ」は鏡に映る部屋の中を、まるで空気の中を泳ぐように縦横無尽《じゅうおうむじん》に、泳ぎ回っていたのだから。

振り向いても、部屋の中にそんなものは飛んでいないのだから。

金魚は、そう、
金魚は、鏡の中にいたのだ。

――すうい

鏡を凝視《ぎょうし》する私に、金魚は近づいて来た。鮮やかな鰭《ひれ》を複雑に動かしながら、目と鼻の先に静止した。

そして大きな目をギョロリと巡らせて、私の方を見た。

目が合った。その目は異様に大きく、明らかに通常の魚が持ちうる器官では有り得なかった。

だがそれを畸形魚《キケイギョ》と呼ぶならば、その言葉はあまりにこの存在の表現として適切さを欠き、また相応《ふさわ》しいものとは思えない。

違うのだ。

何故《なぜ》ならその目は、明らかに人間のものだったのだから。

ぎょっとしたその瞬間、金魚はすい、と何処《どこ》かへ泳ぎ去ってしまった。

そしてもう二度とその金魚を見ることは無かったが、金魚は一つの確信を私の中へと残していった。

――ああ、そうか……

私は思った。

あの金魚は、きっと祖母なのだ。

人は死ぬと、魂《たましい》は「魚」になって〝向こう〟の世界で暮らすのだ。

この鏡の、ひんやりとした硝子《ガラス》の壁の向こうには左右反転した異世界が広がり、祖母は病み疲れた身体《からだ》を捨てて、透明な水で満たされた新しい世界を敏捷《びんしょう》に泳いで暮らすのだ。

みんな、いつかは〝そこ〟へと還《かえ》るのだ。

私は子供心にひどく敬虔《けいけん》な気分になって、いつまでも鏡の中を覗《のぞ》き続けていた。

そして成長するにつれて徐々にそのような記憶は忘れてしまい、その後十年以上も思い出す事はなかった。

だが、その時から…………私の中で、祖母のイメージは朱《あか》い金魚になった。

†

私は釣《つ》りの好きな子供だった。

父と初めて釣りに行った時から、それは私の心と強くシンクロした。

釣りの何もかもが、好きになったのだ。それからずっと、釣りはいつでも私と共にある。

釣りに比べれば、この世界にあるものなど全《すべ》てがつまらなかった。あの興奮、躍動、そして存在感。それらと比べるなら日常など死んでいるに等しい。

獲物《えもの》と戦う時の、あの震えるような生命力と比べれば、単調な日常のどこに生きている証《あかし》があると言うのか？　獲物を待つ間の、あの修行僧のような無心に比べれば、世に言う精神修養など一体どれほどの意味があるのだろう。

釣《つ》りから離れている時は、そして釣りを想《おも》わぬ時は、私は死んでいるも同然だった。釣りに関《かか》わっている時だけが、私の生だった。

私は釣りと共に成長し、中学生になり、高校生になった。

そして大学受験を控えて親に釣りを禁じられた時…………私は、死んだ。

責め苦の三年間。

私は生きる屍《しかばね》だった。

唯一自分の生き甲斐《がい》と呼べるものが、現実においては意味の無い趣味娯楽の類《たぐい》とされている人間の悲劇。自らの意味を剝奪《はくだつ》され、自分にとっては何の意味も無い受験へ向けて授業を受け、勉強勉強と無為《むい》に重ねる日々。

現実感の無い日々。

実感の無い日常。

こんなものに、何の意味があると言うのだろう？　私にとって、釣り以外のものに価値など無いのに。

世間で言われる『大事な事』は、私にとっては何の意味も無いのに。

大事。頭では判《わか》っている。しかし今まで何不自由なく暮らしてきたのだから、進学も就職も「新しい義務の発生」以上の実感が伴わない。

将来の夢も、ヴィジョンも無い。大学だの、就職だの、生活だの、そんな退屈なつまらない事には私はどうしても興味が持てない。

だが、社会というものはどういうわけか、望むと望まざるとにかかわらず生きているだけでそんなつまらないものに頭まで漬《つ》からせるシステムになっていた。まるで人間にとって、進学や就職こそが自然の摂理《せつり》であるかのように。

そして気が付けば、私もいつの間にか思考が鈍麻《どんま》し、意識に霞《かすみ》がかかったような状態で日々を過ごしていた。

起きて、学校に行き、予備校に行き、勉強し、寝る。ただそれだけ。

現実感の無いまま。目的も無いまま。

生きていて面白い事など一つもなかった。

鬱積《うっせき》が、心身を削《けず》りながら諦《あきら》めへと気化して抜けていった。

死んだ心で、肉体は望まぬ活動を無目的に続けていた。

私の日常は、例えるなら生ける屍の行進のようなものだった。

しかし、そんな半端《はんぱ》な状況はいつまでも続きはしない。生でも死でもない、そんな状態には必ず終わりが来る。

生か、死か、必ず決まるのだ。狭間《はざま》にとどまる者の中で増大する、奇妙な心の歪《ひず》みを起爆剤にして。例えば受験によって、こうした歪《ひず》みを抱《かか》えた少年達《たち》が、時に発作的に自らの命を絶つように。

そして私の場合…………

ある日、歪《ひず》みが限界に達した時、私は現実から『突破』したのだ。


「それ」が起こったのは午後の授業中だった。

夕方特有の強い有色光が教室中を照らす中、私は鬱々《うつうつ》と授業を受けていた。

その頃《ころ》の私はちょうど釣《つ》りへの禁断症状も尽き果て、釣りができない事を苦痛にも思わなくなっていた時だった。こういう状態を麻薬中毒者では『克服《こくふく》』と言うのだろうが、この場合にどう呼ぶのかは私は知らない。

とにかく私は一種の無気力状態で、白痴《はくち》のように無感動だった。恐らくこの頃が、私の歪みが最も進行していた時だったのだろう。

授業など経文《きようもん》の朗読に等しかった。

死んだ意識で、黒板を見つめていた。

日差しが、目に痛かった。文字が見えないほど光が黒板に反射して、それは海釣りで眺《なが》める穏《おだ》やかな海面の照り返しを思わせた。

――ああ……

それを見る私の虚《うつ》ろな心に、釣りへの渇望《かつぼう》が満ちる。

しかしそれは以前のような狂おしい熱望ではなく、老人が手に入る事のない若さを眩《まぶ》しそうに求めるような――そんな言うなれば憧憬《どうけい》に近いものだった。

私の心は確実に枯死していた。

そしてそれを象徴するかのように秋の陽差《ひざ》しは弱まり、輝く海面はみるみる乾いた黒板へと戻っていった。

私の心にも、今までにも増して虚ろな諦《あきら》めが、黒くぽっかりと口をあけていた。

そして、それが、臨界だった。

どくん

「うあ…………！」

突然だった。

私の胸の巨大な虚ろは、そのあまりに強くなり過ぎた空虚性ゆえ、突然くしゃくしゃと潰《つぶ》れて自壊し、ブラックホールのように弾《はじ》けて、あっという間に心臓の辺りを中心に不可視の爆発となって広がったのだった。

目に見えず、音もない静かな爆発は一瞬で凝《こご》った私の心を分解し、不可知の衝撃波《しょうげきは》となって全内臓を拭《ぬぐ》い去ると快感とも言える清々《すがすが》しさで皮膚《ひふ》を貫《つらぬ》き大きく外へと広がった。

全身の毛が一斉《いっせい》に逆立ち、身震いするような官能が背筋を駆け上がっていった。それは性的であり、知的であり、脳髄《のうずい》から末端神経まで全《すべ》てを震わせるような未知の快楽だった。私はあまりの衝撃に突っ伏し、そして顔を上げた。

――その瞬間、世界は変わっていた。

目を上げた私の周りに広がっていたのは刻《とき》と光の悪戯《いたずら》によって教室中の窓という窓が一面の『鏡』へと変じ、そこに映し出された教室の風景を大小無数の異形《いぎょう》の魚が悠々《ゆうゆう》回遊しているという、そんな見とれるほどに幻想的で、かつ巨大な幻影一大パノラマだった。

私は圧倒され、次に歓喜に震え、そして活力が全身にみなぎっていた。

釣《つ》るべき魚は、すぐそこに居たのだ。

私は、変わった。

†

しゅ、しゅ、しゅ、

机の上にノートを広げ、ノートの上に目の細かい紙やすりを広げて、私は一心不乱に釣針《つりばり》を磨《みが》いていた。

それは魚を釣るための準備だった。もちろん鏡の中の「魚」だ。

市販されている釣針には錆《さび》止めのメッキがかけられている。普通に釣りをするには便利なのだが、これでは今から始める「釣り」には差し支《つか》えた。

このような不純物に覆《おお》われていては、針が鏡面を越えられないのだ。

不純物を取り除き、針を純化してやる必要があった。

同時に表面を鏡のように磨き上げる。こうする事で初めて釣針は鏡と同じ属性を持ち、〝境界〟を越えられるようになる。

糸は、蜘蛛《くも》の糸を使う。

蜘蛛の巣を壊さないように採取して——可能ならば蜘蛛の尻《しり》から伸びる一本の糸状のものを紡《つむ》いで釣糸を作る。作製には細心の注意を払う。太すぎても、細すぎてもいけない。途中にゴミが入ってもいけない。糸に瘤《こぶ》ができてもいけない。蜘蛛の糸を縒《よ》り合わせ、可能な限りフラットな細くて長い糸を紡ぐ。

蜘蛛の糸である必要があった。

理由は不明だ。ただ子供の頃《ころ》に読んだ、一冊の絵本の事を思い出した。

芥川龍之介《あくたがわりゅうのすけ》の、『蜘蛛《くも》の糸』。

その絵本にあった一つの挿絵《さしえ》を、私は鮮烈に憶《おぼ》えていた。

終わり近くのページに見開きで描《か》かれていたその挿絵は、波紋の広がる青い池の絵で上下に分けられ、上には蓮《はす》の花に座ったお釈迦《しゃか》様が透明な色彩で、下には蜘蛛の糸に鈴なりに群がる亡者《もうじゃ》が紅蓮《ぐれん》の色彩でそれぞれ対照的に描《えが》かれていた。

大漁だ、と思った。いや、もしかするとお釈迦様が亡者を釣《つ》り上げているのではなく、亡者達《たち》がお釈迦様を、ひいては極楽を、釣り上げようとしているのかも知れなかった。

どちらにせよ大漁には違いなかった。

少々欲張りすぎて、残念ながら糸が切れてしまったが。

水の鏡の向こうの存在《モノ》を、蜘蛛の糸もて釣り上げる。

何とも幻想的な、そして甘美《かんび》なイメージ。

蜘蛛の糸でなくてはならないのだ。

しゅ、しゅ、しゅ、

陶酔《とうすい》を味わいながら、針を磨《みが》く。

水に濡《ぬ》らして使う研磨《けんま》用紙やすりが小気味良い音を立てる。

これで磨けば大抵《たいてい》の物は傷一つない、鏡のように滑らかな表面に仕上がる。

小さな針にまとわりつく、水と混じった研磨粒子をそっと拭《ぬぐ》う。青白い、微細な泥の下から銀色に輝く鋼《はがね》が覗《のぞ》き――その光の中にちらと魚影を見た気がして、私は静かに、笑みを浮かべた。

†

ぴかぴかに磨いた釣針《つりばり》を鏡面に降ろすと、針は最初かつんと阻《はば》まれ、次の瞬間つぷんと鏡へ沈み込む。

すう、と一筋だけ波紋が広がり、鏡の縁《ふち》へと消えてゆく。

境界を侵された一瞬だけ、鏡面は乱れる。

針を呑《の》み込んだまま、鏡はそれきり静かになる。


私は毎日のように「釣り」に興じた。

鏡の中から釣り上げる「魚」は全《すべ》て異形《いぎょう》だった。

全体のディテールこそ確かに魚に違いなかったが、それらはみな多かれ少なかれ必ず異常な部位を持っていた。

背骨に沿って、大小の目玉がずらりと並んでいるものがいた。

不釣合《ふつりあ》いなほど大きな口に、人間の歯と舌を持っているものがいた。

全身が無数の鰭《ひれ》に覆《おお》われ、それらをひらひら複雑に動かして泳ぐものもいた。

そして一匹として、同じものはいなかった。

それらは必ずどこかしら異なり、似たものを探すのすら難しいほどだった。

獲物《えもの》の多様さに、私は夢中になった。ただ、その代わりに普通の釣《つ》りに比べて獲物のかかる率が格段に落ちた。鏡を前にいくら待っても魚影の一つも見えない時も多いのだ。

その上多くの「魚」がいる良場の鏡を見つけても、一つの鏡からは決して二匹以上の「魚」を釣る事はできなかった。というのも「魚」を釣り上げる時に、いかなる鏡も粉々に砕け散るのが常だったからだ。普通の魚を釣り上げる時、水面が乱れて水柱が上がるように。鏡面も同じく、飛沫《しぶき》となって飛び散るのだった。

蜘蛛《くも》の糸は頑強だった。

〝向こう〟の魚を相手にする時に限り、その軟弱な糸はテグスに負けない頑強さを見せた。もちろん時には稀《まれ》に見る大物に糸を切られることもあったが、たいていの場合はそれで事が足りた。多くの「魚」を、私はその糸で釣り上げた。

釣り上げた「魚」は水槽《すいそう》に入れる。

「魚」は釣り上げると程なくして死んでしまう。まず最初に柔らかい肉から、そしてすぐに皮も骨も溶け始めて、五分足らずで生臭《なまぐさ》い透明な水に分解してしまう。だから早急に「魚」は鏡の中へと還《かえ》してやらなくてはならない。

水槽も光の加減で鏡になる。鏡にしか棲《す》めない「魚」も、これなら何とか棲む事ができる。しかも都合のいい事に、水槽という物体の持つ属性ゆえか、「魚」は水槽の中からは出る事ができないようなのだった。考えてみれば当然だろう。水槽という物は何かを閉じ込めるためにできているのだから。

そして水槽の発見をきっかけに、しばらくして私は気づいた。

鏡だけではない事に。

鏡だけでなく、ありとあらゆる〝映るもの〟が、全て〝向こう〟の世界へ通じている事に。

それぞれに、それぞれの「魚」が棲んでいるという事に……

私の「釣り場」遍歴《へんれき》が始まった。私はあらゆる〝映るもの〟を探して歩き、糸を垂らした。手始めに窓、コップ、眼鏡《めがね》などのガラス製品。ナイフ、流し台、銀食器など磨《みが》き上げられた金属器。水たまりなど水鏡。そのほか刀、カメラのレンズ、テレビの画面など、私は映るものなら何にでも釣糸を垂れた。

適当な大学に進み、適当な会社に就職し、私は金と時間の許す限り「釣り」に興じた。新しい、珍しい「釣り場」を求め、私は日本中を歩き回った。

それぞれに、それぞれの特徴ある「魚」がいた。単純な物にはシンプルな、凝《こ》った品物には複雑な「魚」が棲《す》んでいる。歪《ゆが》んだ物には歪んだ「魚」がいる。珍しい物には、やはり珍しい「魚」が棲んでいる。

はっきりとは言えないが、「魚」は明らかに棲み家を反映していた。

これは最初のうちは面白かったが、場数を踏むうち飽《あ》きが来た。「釣《つ》り場」を見ただけで、何となくだが獲物《えもの》の傾向が摑《つか》めるようになってきたのだ。これでは楽しみも半減する。

もっともっと、珍しい「魚」を。

今までに見たことがない、珍しい「魚」を。

私はより珍しい「魚」が棲む、より珍しい「鏡」を探して歩き回った。探して、探して……

そしてとうとう、私は理想的な「釣り場」に巡り合ったのだった。

それは意外にも、驚くほど近くに存在していた。

そう。

それは、人間の瞳《ひとみ》だった。

人の瞳ほど変化に富む、理想的な「釣り場」は他《ほか》には無かったのだ。

最初に試したのは子供でだった。

あるとき川の澱《よど》みで「釣り」を試みていた私を、興味しんしんで見上げていた少年。その瞳に、くっきりと映っている青空を見たのがそれを思いついた最初だった。

辺りに人気《ひとけ》は無かった。

「…………なんだい、にらめっこかい?」

私は戯《たわむ》れに子供の相手をするといった風に、少年の目を見返した。

笑いかける。もちろん少しでも長く、少年の目を観察するためだった。そして探した。人間の瞳の中にも、果たして「魚」がいるのかどうか。

少々の観察で「魚」が現れない事は、経験から良く知っていた。だから私は、もっともっとよく見ようと目を開けて、瞬《まばた》きもしないで少年の瞳を覗《のぞ》き込んだ。

私は大きく目を開けていた。するとそのうち、少年の目も同じように大きく見開かれているのに気がついた。私の目につられてか、どうやら無自覚の反応らしかった。

ふっと笑って、これ幸いと見つめ続ける。すると次第に少年の目が、催眠術にでもかかったかのように焦点を失い始めた。

不思議な反応だった。

誰《だれ》にでも起こり得る反応なのか、それとも鏡の向こうを覗き続けた、この目に宿った異能の力か。いずれにせよ面白い事を知った。

と、その時だった。

――――ああ、やっぱり居るじゃないか……!

私は心の中で快哉《かいさい》を叫んだ。

呆然《ぼうぜん》と、しかし目だけは限界まで見開いたまま立ち尽くす少年。その綺麗《きれい》に澄んだ瞳《ひとみ》の中、映る青い空の奥に、ちいさな「魚」がちょろりと泳いでいるのを私は見つけたのだ。

敏捷《びんしょう》そうなフォルム。その流線型の胴体に、小さな鱗《うろこ》が並んでいる。鱗は一枚一枚違う色で輝いている。何のつもりか尾鰭《おひれ》は胴体と同じくらい、大きかった。

それはなかなかに面白い「魚」だった。何よりその色彩の豊かさが、今まで見た「魚」とは違っていた。物品の中の「魚」は、棲《す》み家の影響でどうしても単色になりがちだ。

——素晴らしい。

私は迷わず糸を取り出した。

そして今までにない異様な興奮を感じながら、少年の目へと針を挿《い》れた。

針はつぷりと、瞳の中へと潜《もぐ》り込んだ。

少年は全く反応しなかった。眼球の表面に一瞬針が乗った時、痛そうに瞬《まばた》きしたのは私の方だった。

黒い瞳に波紋が一筋、広がって消えた。

†

「魚」を釣《つ》り上げると、目玉はごぽっ、と濡《ぬ》れた音を立てて潰《つぶ》れた。

この程度の傷では死ぬまいと思ったが、「魚」を目から釣られた人は例外なく――――もちろんあの少年も――――死んでしまった。意識を失い、最初はまだ息をしているのだが、だんだん衰弱するように呼吸が細くなって死んでしまうのだった。もしかすると、「魚」は人間にとって命のようなものなのかも知れない。

瞳に棲む「魚」は素晴らしいものだった。その多様性たるや物に棲む「魚」などとでは比較にならない。だからこそ、それを釣り上げる達成感、満足感は計り知れないものになる。新しい「釣り場」が非合法な物になり、不用意に「釣り」ができなくなったのも達成感に一役買っている。

スリルも加味され、「釣り」はますます私を虜《とりこ》にする。

やめる気になど全くならない。むしろ積極的に色々と試した。一度などは気に入った目玉を刳《く》り抜いて、家へと持ち帰った事もあるほどだ。冷蔵庫で保存して、好きな時に「釣り」ができないかと思ったのだが、持ち帰った眼球は瞳が濁《にご》ってしまっていた。後で知った事だが、死後半日以内で瞳孔《どうこう》の混濁《こんだく》が起こり始めるのは法医学の基礎中の基礎らしい。

悔しかったが、知らないのは当然だ。私は医者でもないのに死体に詳しい不気味なオタクや変態とは違うのだから。

私は実践《じっせん》によって知識と経験を蓄積《ちくせき》し、手段も見立ても少しづつ巧妙になっていった。

そして熟練を自分で実感し始めた頃《ころ》――私は巷《ちまた》で〝目潰《めつぶ》し魔〟と名付けられ、呼ばれるようになっていた。

異常殺人鬼、〝目潰し魔〟はこうして誕生したのだった。

3

「――と、いうわけで、私はここに存在しているのですよ。世間で言うところの連続殺人鬼、〝目潰し魔〟としてね」

阿坂洋介《あざかようすけ》は、そう語り終えると静かに笑った。

阿坂の自宅の、マンションの一室。その暗い部屋には所狭しと大小の水槽《すいそう》が立ち並び、それらを照らすいくつかのライトだけが闇《やみ》の中でじりじりと光っていた。

阿坂は部屋の最奥に立っていた。その足元には制服姿の少女が、意識を失って倒れている。

少女の名は十叶詠子《とがのよみこ》。阿坂によって、ここに攫《さら》われて来たのだった。

「……さて」

阿坂は足元の少女には目もくれず、正面の闇へ向かって語りかける。

「必ず来ると思ってましたよ。『魔人』、神野陰之《じんのかげゆき》さん？」

闇が、嗤《わら》う。

阿坂の声に応《こた》えるように、開け放たれたドアの向こう、廊下に満ちる闇が嗤った。

部屋の闇も、外の闇も、初めからそうなっていたわけではない。蛍光灯が切れたのだ。つい十分ほど前に。次々と。順番に全《すべ》ての照明が。

「……興味深い履歴《りれき》だね。それに、なかなかに良い部屋だ。そう——まるで君の内面を具現化させたようではないか？」

「…………それはどうも」

くつくつと嗤って、魔人が闇の中から現れた。

病的に白い美貌《びぼう》が、闇の中から浮かび上がる。夜色《ヨルイロ》の外套《マント》は周囲の闇に溶け、その輪郭《りんかく》すら定かではなくしている。

『彼』は部屋を見回す。

わずかな光源に照らされた、幾多の水槽の中では大小様々な魚が飼育されている。そして、その魚達《たち》の情景に重なるようにして、水槽の〝表面〟に、大小無数の異形《いぎょう》の『魚』達が悠々《ゆうゆう》泳ぎ回っていた。

「……壮々《そうそう》たる蒐集品《コレクション》だね、阿坂洋介。だが〝目潰し魔〟とは実につまらぬ呼称をつけられたものだ。君の本質は眼球破壊者などではない。ただの〝釣人《つりびと》〟に過ぎないというのに」

『彼』は言った。

「ええ……不本意な事に完全に異常者扱いですよ」

洋介《ようすけ》も苦笑する。

「私は目を潰しているつもりではない。せめて〝目《めっ》釣り魔〟とでも呼んで欲しかった」

もちろん無理を承知ですが、と洋介は言う。行きずりの犯行。被害者に手を触れない。動機、凶器、手段が一切不明――――今のところ洋介が逮捕されずにいるのは偏《ひとえ》にその不明性に尽きた。

洋介の起こした事件が世間の語り草になってから数ヶ月。望むべくもないことは知っているが、自分の〝芸術〟についての理解は本来ずっと望んでいた事だった。

「――だが、君は〝眼《め》〟を釣り上げている訳でも無いだろう」

魔人は水槽《すいそう》の並ぶ部屋を縫《ぬ》うように歩く。

「知っているかね？　君の『釣って』いる、そこで泳いでいるモノ達の正体を。それは人間の〝心〟と言えるものだよ。これは正確な表現ではないが、君達の概念《がいねん》で言うところの〝魂《たましい》〟と呼び換えてもいい。

人の〝魂〟は罪《ツミ》の詰まった袋のようなもの。君も、君の犠牲者《ぎせいしゃ》達も皆が罪人《ツミビト》だ。言うなれば君は――――そう、『罪科釣人《トガツリビト》』とでも呼ぶべきかな？」

魔人はひどく楽しげに、嘲笑《あざわら》った。

「………なるほど……」

洋介は目を閉じる。

「……いい呼び名です。感謝しますよ、素晴らしい名をつけてくれて。それでは……」

洋介は目を開け――

「今から私は、『罪科釣人』です」

そう言って、嗤《わら》った。

また一つ、水槽のライトが明滅し、消えた。

短い沈黙が、部屋に降りた。

「……ああ、そうだ」

そこで急に思い出したように、釣人は足元で眠る少女を見下ろした。

「彼女はお返ししますよ。薬で眠っていますが、命には別状はありません」

言いながら、顔が見えるように少女の体を脚で転がす。

「……自分で誘拐《ゆうかい》しておいて、あっさり返すのは何故《なぜ》だと思います？　実はね、私は彼女の目なんか、本当はどうだっていいんですよ」

釣人は笑う。そして楽しそうに語り始める。

「彼女はね、生き餌《え》なんです。『魔人』という魚を釣り上げる、ただそのため、ここに連れて来られたんですよ。わかりますか？

私は貴方の瞳で釣ってみたいんです。

……これはあの日、貴方《あなた》の人外《じんがい》の『目』を見た瞬間から思っていました。人ではない、魔人の目の中には何が棲《す》んでいるんでしょう？　尋常《じんじょう》ならざる魂《たましい》は、その瞳《ひとみ》の中に何を飼っているのでしょう？　私は貴方にもう一度逢《あ》いたかった。だから………」

「知っている」

「……は？」

饒舌《じょうぜつ》な語りを遮《さえぎ》られ、釣人《つりびと》は間の抜けた声をあげた。

「今、何と……？」

「知っている、と言ったのだよ」

釣人の問いに答えつつ、魔人は闇《やみ》の中から歩を進める。

「『私』が此処《ここ》に現れたのは、娘を救う為《ため》ではない。君の願望《のぞみ》に応《こた》えたからだ。喜びたまえ。確かにあの瞬間、君の願望はその娘のものを越えた」

魔人は鏡のように輝く水槽《すいそう》にそっと触れる。硝子《ガラス》の表面に、一筋すうっと波紋が広がる。

「……残念だよ。君の趣味は悪くない。君がそれさえ望まなければ、我等《ら》は友人にすらなれたかも知れんというのに」

魔人は言う。

その『彼』の言葉に、はじめ釣人は虚を突かれたような顔をしていたが――やがて言葉が染《し》み込み尽くすと、みるみるその表情が歓喜の笑みに変わっていった。

「それは——光栄の至りと言って良いのでしょうね…………」

釣人は感極まるといった風に、言う。

「〝魔人の盟友〟〝暗黒の友〟…………何と素晴らしい称号でしょう。

しかしそれは無理な相談です。貴方を『釣《つ》』ろうと思わなかった私など、貴方にとっては友とする価値すら無い…………違いますか？」

魔人は嗤《わら》って答えない。

ふっ、と釣人は笑い、手にした封筒から銀色の糸を引き出した。

「……この糸はね、特別製なんです」

自慢の玩具《おもちゃ》を見せる子供のように、釣人は楽しげに言った。

「知っていますか？　沖縄の方ではね、蜘蛛《くも》の糸が恐ろしく頑丈なんです。つまんで引っ張るとバリバリって音がする。糸が何倍も太いんですよ。釣糸に例えるならカジキ釣りのワイヤーといったところかな？

ええ、今まで大物に糸を切られた事、ありますよ。お釈迦《しやか》様みたいに。でもこの糸で獲物《えもの》を逃がした事は一度もありません。賭《か》けてもいい」

ほう、と『彼』は面白そうな顔をした。

「……釈迦？　ああ、芥川《あくたがわ》か。なるほど、君の〝魔力〟の原型はそれなのだね」

くつくつ嗤《わら》う。

「揵陀多《かんだた》の『罪』は、釣《つ》りの獲物《えもの》にするには大物過ぎたという訳だ。それでは、君には釣る事ができるのかな？　人間の――『闇《やみ》』が」

挑発と判断し、釣人《つりびと》は無視した。

そして手品師のように素早い手つきで針をつまみ、それから伸びる糸の逆端、小さな紙片を残りの三本の指で握り込んだ。そのまま腕をだらりと下げる。手裏剣《しゅりけん》術のように、構える。

――『打ち込み』

彼が『目合わせ』と名付けた、例の心理操作が効果を表さない体質の人間が時々存在する。『打ち込み』は、そんな相手の眼《め》に無理矢理針をキャストするため磨《みが》き上げた奥の手だった。針を投擲《とうてき》すれば百発百中。もはや魔技と呼んでいい。

釣人は表情を消す。

呟《つぶや》くように、しかしはっきりと、宣言する。

「……では、始めましょう」

そして言うや否《いな》や、かっ、と目を見開いて電光の動作で針を投げつけたのだった。

まさにそれは『打ち込み』だった。針は、しゅう、と空気を切り裂《さ》いて一直線に飛び、次の瞬間には魔人の左眼に突き刺さっていた。

漆黒《しっこく》の瞳《ひとみ》に、一筋波紋が広がった。

「！」

途端に顔色を変えたのは釣人の方だった。

針を打ち込んだ瞬間、今までにない感触の手応《てごた》えが手元に伝わり、直後すさまじい力で糸が眼球へと引き込まれたのだ。一瞬たたらを踏む釣人。慌《あわ》てて両手で糸を支え、何とかその場に踏み止《とど》まる。

……見れば、魔人は嗤っていた。

体毛が残らず逆立った。

興奮と恐怖。この二つの感情が入り交じりながら釣人の心を満たした。今までに無い、大物への興奮。そして今までに無い、このまま眼球の中へ引き込まれてしまうのではないかという恐怖。

「おおお……！」

釣人は両足を踏みしめ、糸の先で暴れる「魚」を全力で引き寄せる。

本来の釣りなら、このような大物は糸を切られないよう粘りに粘り、相手を引き寄せながら疲労を待つのが定石《じょうせき》だ。だが、この「魚」は間違っても消耗《しょうもう》などしない事を、釣人は直感的に確信していた。

短期決戦しか勝機はない。

こちらが疲弊《ひへい》する前に「奴《やつ》」を釣り上げねば、おそらく釣人に命はないだろう。

フェイントさえ命取りになりかねない。力を抜いた途端、あっという間に引き込まれて一巻の終わり。全力で挑まねばならない。糸が切れるかも知れなかったが、それは特別製の強度を信じるしかなかった。

必死で糸を引き寄せる。

額に、背中に、汗が伝う。

釣《つ》りのためだけに特化された筋肉が痙攣《けいれん》し、腕関節が激しい負荷に軋《きし》みを上げる。

その時、糸を引く「魚」の力が一瞬弱まった。

「！」

ぐん、と大きく糸が手繰《たぐ》られ、反動で上体のバランスを崩す。

「魚」が弱ったわけではないようだった。糸はすぐに元の力で張り詰める。びくんびくんと手《て》応《ごた》えが暴れる。そのスタミナは全く衰えていない。

……だが、その一瞬で充分だった。

勝機はそこにあった。気づいたのだ。

――――この「魚」は人間並みの知能があるわけではない！

ならば付け入る隙《すき》はあった。力は僅《わず》かに向こうが上だがほぼ互角。この場合で一番怖いのは無限のスタミナで休みなく引き続けられる事だ。敵に知能があり、その利点を利用されれば、まずこちらに勝ち目はない。

だが魚類の知能しかないならば…………魚と戦うのは、彼の専門だ。

——来た！

やはり読みは当たっていた。「魚」は気まぐれに体の位置を変え、その時に力が弱まる。

今までは一歩も引いていない。そして先ほどの「奴《やつ》」の気まぐれで、釣人《つりびと》はかなりの長さを手繰り寄せていた。糸の長さは完璧《かんぺき》に把握《はあく》している。今ならこの一瞬で………

「……決まる！」

釣人は気を吐くと、「魚」の力が弱まった刹那《せつな》に一気に糸を引き寄せ、全体重をかけて腰を落とした。さらに反動をつけ、そのまま床へと倒れ込む。

……手応えがあった。

糸との摩擦《まさつ》で皮手袋が悲鳴を上げ、全《すべ》ての抵抗が突然に失われた。

——ごぽぉっ

眼球の破裂《はれつ》するくぐもった音が響いた。

魔人の眼窩《がんか》に孔《あな》が開き、そこから飛び出したのは巨大な闇《やみ》の「魚」だった。

いや、巨大な、というのは正確ではない。

漆黒《しっこく》の、骸骨《がいこつ》を思わせる虚《うつ》ろな眼窩を持ったその頭部は、暗黒で形作られた長い長い胴体を後ろに引きずっていたのだ。それは世界を取り巻く水蛇《みずへび》のように、確かに巨大と言って良い、化け物じみた姿だった。

頭部は床に落ち、びしゃりと形も残さずに潰《つぶ》れた。そして続く胴体は次々と魔人の眼窩《がんか》から溢《あふ》れ出すと、同じように潰れ溶け、ずるずると床に暗黒の染《し》みを広げていった。

闇《やみ》は涙のように、流れ続けていた。

――どろどろ

どろどろ

嗤《わら》いを張り付かせた魔人の白い貌《かお》。その左眼《ひだりめ》に穿《うが》たれた黒く醜《みにく》い漆黒《しっこく》の孔《あな》から、闇は粘性の液体のように溢れ出る。それは例えるなら凝固《ぎょうこ》しかかった血液のようなものだ。どろどろと、闇は床を浸《ひた》して広がってゆく。

――どろどろ

どろどろ

魔人の足元を中心に、闇は瞬《また》く間に部屋中の床を覆《おお》った。

強い粘性を持つ液体特有の、あの奇妙に盛り上がった池が、ひたひたと釣人《つりびと》に迫る。

「う、うわわ……！」

逃げようとしたが無駄《むだ》だった。逃げ場など、この部屋のどこにも無かった。床は程なくして見えなくなり、釣人の足もすぐさま闇へと浸《つか》った。足に触れた闇はひやりと冷たく、その部分の感覚は速やかに失われた。浮遊感を感じた。踏んでいるはずの床の感覚が無くなり、不気味な浮遊感として知覚されたのだった。

今、釣人は悟った。

自分はとてつもない存在を相手にしてしまったのだと。

「……何を恐れる？　釣人」

魔人が口を開く。

「これが君の『願望《ねがい》』だろう？　何を恐れる事がある？」

くつくつと、嗤う。

闇はもう膝《ひざ》まで上がっていた。

釣人は出口へ走ろうとしたが、思うようには進めなかった。脚は膝から下が失われたように感覚が無く、それを差し引いても何かが絡《から》み付いているかのように動きが重い。

片足を、闇から上げた。

脚にはびっしりと、黒い糸が絡み付いていた。

それは長く、暗黒の水面《みなも》からぞろりと伸びた。

それは大量の髪の毛だった。

これは魔人の髪の毛だった。髪は、ざわざわと釣人の脚を這《は》い上がっていた。

ざらりと伸びて闇《やみ》に浸《ひた》っていた。

魔人はさらに、嗤《わら》いを深める。魔人の束ねられた髪が解《ほど》けていた。黒髪が縛《いまし》めから解かれ、
不気味さに、釣人《つりびと》は短い悲鳴を上げた。

「ひ……！」

「────────！！！」

釣人が言葉を成していない叫び声を上げた。

元々正気とは言えない男だった。だが、今はそれをも越えて完全に理性を失っていた。

あらぬ事を喚《わめ》きながら釣人は闇の中で暴れ回った。腕を振り回し、闇を掻《か》き分け振り切って、
獣《けもの》のような雄叫《おたけ》びを上げていた。

部屋中を薙《な》ぎ払いながら、釣人はひたすら出口を求めて暴れた。水槽《すいそう》の照明が砕かれ、闇は
さらに深まり、男は闇に怯《おび》えてますます狂乱の度合いを深めていった。

振り回した腕が水槽を破壊した。水槽は破裂《はれつ》し、水と硝子《ガラス》がどぼどぼ流れ出《で》、魚と「魚」が
次々闇に落ち込んでいった。

釣人の腕も顔もみるみる血だらけになり、飛び散る血潮が闇へと零《こぼ》れ落ちていった。暗闇で

見る血液は黒く、そうでなくとも足元に溜《た》まる液状の闇によく似ていた。闇を撒《ま》き散らして、釣人は暴れていた。

釣人の手が重い置時計に当たった。そのまま時計を掴《つか》み、魔人へと投げつけた。時計が宙を飛び、魔人の頭に当たった瞬間、魔人はまるで初めからそれで出来ていたかのように闇色の水になって砕けて消えた。それでも闇は止まらなかった。

『彼』が立っていた場所の、〃水面〃がわずかに盛り上がっていた。それは湧《わ》き出す清水《しみず》のように蠢動《しゅんどう》していた。こぽこぽ、こぽこぽ、湧いていた。闇はそこから溢《あふ》れ、嵩《かさ》を増しているのだった。

――――こぽこぽ

こぽこぽ

闇はなおも湧き出し続ける。嵩はすでに胸の高さを越え、首にまで達していた。首から下はもはや少しも感覚がない。

まるで首だけになったようだった。

釣人は喘《あえ》いだ。闇に溺《おぼ》れ、存在すら定かでない腕を振り回して足掻《あが》き回っていた。

闇は揵陀多《かんだた》の堕《お》ちた地獄の血の池のように、容赦《ようしゃ》なく釣人を沈めていった。

――こぽこぽ
こぽこぽ

口に冷たい暗黒が流れ込む。

闇《やみ》は口腔《こうこう》を凍えさせ、感覚を奪いながら喉《のど》を落ちて、頸《くび》から下の無感覚へ消えていった。

どこからともなく昏《くら》い声が、

――何を恐れる？　これが君の『願望《のぞみ》』だろう？

と嘲笑《あざわら》ったが、そうするうちに耳が闇へと呑《の》まれ、何も聞こえなくなった。

目も闇に沈む。視界が一面の闇に変わる。

助けを求めてさし上げた腕が、空《むな》しく宙を掻《か》く。

闇は無常に、その麻痺《まひ》した腕をも呑み尽くしていった。

一本の糸さえ、その腕には差し伸べられる事はなかった。

†

全《すべ》ての感覚も存在感も失《な》くし、自らの実存すら定かではない闇の中、釣人《つりびと》は自身が混沌《こんとん》へと分解されているような奇妙な分離感と、同時に不思議な安らぎをも感じていた。

自と他との境が曖昧《あいまい》になり、自分が冷たい闇に同化してゆくのが分かったが、不安はなく、ただ「この闇は血なのだろうか。還元された命とは血液なのだろうか……」などと無意な事を考えただけだった。

釣人はたゆたう。

全てを還元した生命《いのち》の源泉に。全てがここから生まれ、全てがいずれは還《かえ》る場所に。

溶けてゆく意識の中、釣人は闇の中を幾万もの「魚」が泳いでいるのを〝知覚〟していた。

無数の「魚」がここで溶け、生まれ、旅立つのを釣人は〝視《み》〟ていた。

全てはここに、帰結する。

闇は限りなく無色であり、透明だった。

――――そうか……

無限に広がる不可思議な光景を〝視〟ながら、釣人は漫然と、しかし確信的な一つの思いにとらわれていた。

――――私は……

釣人は、思う。

――――私の『願望《のぞみ》』は……

意識が急速に、拡散する。

——私の本当の本当の『願望《のぞみ》』は……

——私の本当に、望んでいた事は…………

†

「——隣の部屋から何かが争っているような音が聞こえる」

あるマンションからそう通報があったのは午前四時、警察が殺人現場付近で目撃された不審な男を同市の会社員、阿坂洋介《あざかようすけ》（二四歳）と断定したその直後の事だった。

通報を受けた警察はすぐさまマンション七階、阿坂の住居に踏み込んだが、部屋には無数の破壊された水槽《すいそう》が並んでいるばかりで、阿坂本人はおろか、彼が最後に目撃された時に、彼に手を引かれていたという制服姿の女子中学生の姿すらそこには無かった。

床には大量の水とガラス片が散乱しており、事件を想像させるに充分な惨状《さんじょう》を呈《てい》していたが、警察の徹底した調査にも関《かか》わらず部屋には血痕《けっこん》等、何らかの事件性を示す証拠は一切発見する事はできなかった。

部屋は破壊された水槽の水で水浸《みずびた》しになっていたが、奇妙な事に床には一匹の魚も落ちてはいなかった。破壊を免《まぬか》れた一部の水槽には未《いま》だ多数の魚が飼われており、床の水には明らかに魚の飼育に使われていた形跡があるにも関わらずだ。
人どころか魚の死体すら、この部屋には存在しなかった。
結局この部屋では何一つ、生き物が死んだ形跡は無かった。

そしてそれきり、阿坂洋介の姿を見た者はなかった。

†

学校からの帰宅途中に行方不明となった＊＊中学校二年生、十叶詠子《とがのよみこ》は、一夜明けた翌日の土曜に、学校の自分の席で呆《ほう》けたように座っているのを朝一番に登校してきた部活動の生徒によって発見された。

「何なんだろうなあ。一体……」

「昨日の夕方から記憶がない。気がついたら学校にいた」

そう言う詠子の言葉を当初は誰《だれ》も信じなかったが、容姿、服装、及び失踪《しっそう》時期が、連続殺人の容疑者が昨晩連れていた少女と完全に一致する事実が判明した途端、一転して詠子の証言を疑う者は誰一人としていなくなった。
目撃された時の様子から、どうやら薬物が使用された可能性があるらしい。

「こういう人から何かもらって食べたり、飲んだりした憶《おぼ》えはないかい？」

警察はそう詠子《よみこ》に聞いたが、詠子は不愉快そうに首を振っただけだった。憶えていれば苦労はないし、だいたい見ず知らずの人から物をもらって食べるような習慣は詠子には無い。

馬鹿《ばか》にするにも程があった。

「あーあ、つまんない事になっちゃったなあ……」

詠子はつぶやく。

夜遊びの疑いは晴れたが、今回の件で帰宅に門限ができてしまった。それ自体は別に大した事はないのだが、しばらくは両親の監視も厳しいだろうと予想できた。散歩も満足にできないかもしれない。きっと外出しようとするたび、うるさく言われるに決まっているのだ。

詠子にはそれが鬱陶《うっとう》しい。散歩は詠子にとって、唯一に近い楽しみだった。

「散歩ができなくなったら死んじゃおうかな………」

嘆息し、詠子はバス停の前に立った。毎日通学に使っている路線だ。

バスはまだ来ない。詠子は何気なく、バス停についている鏡で髪型をチェックした。

——すぅ

「…………あれ？」

鏡の中で、何か赤いモノがちらりと横切ったのを詠子は見た気がした。

不思議な顔をする。周囲に赤いものは、何一つ見当たらないのだ。

少なくとも、あんなに目を引く鮮やかな赤は一つもなかった。車道にも特に赤い車は通っていない。

「……何だろ」

詠子はじっと、目を凝《こ》らした。

鏡には見慣れた景色が映っている。バス停周りも、自分の顔も、何もかも良く知っている。

そこに…………

——すぅい

真《ま》っ赤《か》な金魚が、泳いでいた。

〝それ〟が映っているわけではなく、鏡の中に居るのだという事は一目でわかった。まるでガラス越しの、水族館の魚のように見えたからだ。

金魚は詠子の目の前にやって来る。正面に、ゆらりと静止する。

金魚と詠子の視線が交錯《こうさく》し——————そして不意に、詠子は気づいた。

金魚は、人間の目玉を持っていた。

「あ……」

その時には遅かった。詠子《よみこ》は金魚と目を合わせたまま、あたかも金縛《かなしば》りにあったかのように視線を外せなくなっていた。

目を見開いて、異形《いぎょう》の金魚と見合ったまま指の一本も動かす事ができない。

逃げる事も、叫ぶ事もできなかった。意志が身体《からだ》から切り離されて、頭部に閉じ込められたかのようだった。

光沢《こうたく》ある、金魚の赤い瞼《まぶた》が上がり始めた。

異形の器官が徐々に開き、不釣合《ふつりあ》いな大きさの眼球が露出し始めた。

充分に大きな目がさらに見開かれる。

視線を詠子に据《す》えたまま、まだまだ、もっと、目玉がこぼれ落ちるくらいに、大きく大きく見開いてゆく。

そのうち、詠子は気づいた。

目の前の異形が目を開くにつれ、自分の瞼も徐々に、徐々に上がっているという事に。

――――あ……ダメだ…………

詠子の中に、みるみる奇妙な諦観《ていかん》が湧《わ》き上がった。

と…………

——すう

突然にやりと魚類の口を歪《ゆが》めると、金魚はふいと何処《どこ》かへ泳ぎ去ってしまった。

その直後にバスが来る。

はっ、と詠子は正気に返った。

そして自分は何を呆《ほう》けていたのかと不思議そうに首を傾《かし》げ、そのままバスへと乗り込んだ。

音を立てて、バスのドアが閉まった。

詠子はそれきり、その事を思い出す事はなかった。

薄刃奇譚

——ハクジンキタン——

1

それはある夏の日の事だった。

がら、

と入口の戸が開いた途端、昼休みの教室が、一瞬にして静まり返った。

それは十叶詠子《とがのよみこ》が頬杖《ほおづえ》をついて、ぼんやりと窓を眺《なが》めていた時だった。その瞬間に昼休みの喧騒《けんそう》は波が引くように沈黙へと取って代わり、制服姿の少年少女が一斉《いっせい》に入口の少年へと、注目したのだった。

「……？」

突然の出来事に、詠子は小首を傾《かし》げて教室を見やった。肩の辺りで切り揃《そろ》えられた、微《かす》かに茶がかった髪が揺れる。

皆、信じられないものを見たという表情をしていた。

そしてどことなく、気まずそうな雰囲気だった。

彼はクラスメイトだった。

だが彼がここにいるのは驚くべき事であり、また同時に信じられない事だった。

痩《や》せぎすで背の低い、ぼさぼさの髪をした少年だった。

生気の薄い、主張の無い、存在感の薄い少年だった。

そしてそれが何よりも周囲から浮いて、悪目立ちする少年だった。

彼は名前を、井江田孝《いえだたかし》といった。

「……」

少年は自分に向けられた気まずい視線を恥じるように、深く目を伏せて教室へと入って来た。

気まずさと好奇の目に晒《さら》されながら、少年は誰《だれ》とも目を合わせずに、のろのろとした動作で、自分の席に向かって行った。

無数の無言の視線が、少年の後を追って移動していった。

少年は何故《なぜ》だか疵《きず》だらけになっている学生鞄《かばん》を重そうに右手で持ち、力無く下がった左手は、異物のように真っ白な包帯で完全に覆《おお》われていた。

よく見れば、右手首には幾筋もの線が走っていた。

それは手首に沿って真っ直《す》ぐに引かれた、鋭い刃物による傷痕《きずあと》。白く古い、あるいは肉色の新しい、幾重《いくえ》にも重ねられた切り傷の痕を見ると、左手の包帯の下にも、何があるかは容易に想像がついた。

静寂の中、少年が椅子《いす》を動かす耳障《みみざわ》りな音が教室に響いた。

席につく少年の様子を教室中の生徒が見ていたが、そのうちに四人の男子生徒が進み出て、少年の席を取り囲んだ。スポーツマン然としたのを筆頭に、髪を染めたのと、短く刈《か》ったの。それに太った男子が加わり、席の少年を見下ろしている。

その途端に、教室の空気が緊張したものに変わった。その少年と四人の関係を、皆が知っていた。

皆が今までの事と、そしてこれから起こる事を思う。

そして沈黙の視線と低い囁《ささや》きを、お互いに交わし合う。

「……元気だったか？」

そんな中で、四人のリーダー格である城山《じょうやま》が、笑みを浮かべて少年に言った。

「また、よろしくな？」

城山は答えない少年の頭に、音がするほど強く、その手を乗せた。

そしてそのまま首が揺れるほど乱暴に頭を揺すって、最後に強く突き放す。明らかに体格の良い四人に見下ろされて、瘦《や》せた少年は何も言わず、無抵抗だ。

四人は笑って、そのまま少年の席から離れた。

その様子を、クラスメイト全員が緊張の面持ちで眺《なが》めていた。

「…………」

ただ、皆は少年を眺める。

やがて、しばらくして少年から目を逸《そ》らす。

少年はただ黙って、下を向いていた。それが少年の帰還だった。

井江田孝《いえだたかし》。

自殺未遂で入院していたクラスメイトの帰還を、十叶詠子《とがのよみこ》は教室の隅でぼんやりと眺めていた。

それはある夏の日の事だった。

それは＊＊中学校の、ある日の昼休みの出来事だった。

†

手首にカッターナイフの刃《は》を押し当てて、思い切り力を込めて引いた。

「！」

薄い刃《やいば》が皮膚《ひふ》の上を滑って肉の中に切り込んだその瞬間、冷たい寒気が電気のように全身に走り、次いで痛みが傷に走った。

手首の皮膚が切り裂《さ》かれて、ぱっくり口を開けた。

中に覗《のぞ》く肉から赤い血が染《し》み出して、腕を伝った大きな血の雫《しずく》が、ぼたぼたと幾つも床へと落ちた。

僕はまず、その情景に驚いた。

その途端に傷の痛みが火を噴くような、激しいものへと変質した。

「……う……が……あ………！」

僕は思わず声を上げ、カッターを取り落とした。そして獣《けもの》か何かのように、部屋の床へと蹲《うずくま》った。

「うう……」

僕は呻《うめ》いた。

今までに無いほど、深い傷だった。

左手首を前に伸ばして、僕はあまりの痛みに左手に触れる事さえできなかった。傷口を侵《しん》蝕《しょく》するような酷《ひど》い痛みに、僕はぼろぼろと涙を流した。

眼《め》に一杯に溜《た》まった涙が、ひどく熱かった。痛みで全身に震えるほど力が入り、激しく痙攣《けいれん》して突っ張った。

鼓動《こどう》に合わせて、どくん、どくんと重い痛みが手首に響いた。

そしてそれと共に、真《ま》っ赤《か》な鮮血が手首から溢《あふ》れ出した。

「あ……が………」

大きく開いた口が、がくがくと痙攣した。痛みは血など忘れさせるほど酷く、脳を揺るがすほどだった。

開きっぱなしの口から涎《よだれ》が流れ出し、喉《のど》の奥からは激しい痛みに搾《しぼ》り出された声が漏《も》れた。それは掠《かす》れて、喉に絡《から》み、激痛で息が止まるたびに絶え絶えに途切れて涎と混じり合った。

「……はっ……はあっ………」

僕は荒い息を吐きながら、震える手でカッターを探す。

目は開いていたが、涙でぼやけて見えなかった。

落としたカッターを何とか探り当て、ぶるぶる震えながらもう一度手首へと当てた。そして再び、僕は渾身《こんしん》の力を込めて、カッターを大きく横に引いた。

「…………うあ！　あーっ！」

骨と筋の上を刃が滑って、悪寒《おかん》のような痛みが走って全身に鳥肌が立った。

僕は叫びながら、血の絡んだカッターで三度《みたび》傷口をなぞった。

カッターが筋に引っかかり、痺《しび》れたようなおぞましい感触がした。神経が反射で反り返り、体が痙攣し、カッターを握った腕が怯《おび》えたように萎《な》えて、支えそこなった細い刃《は》が肉を抉《えぐ》って折れ飛んだ。

「うあーっ！」

しかし僕は新しい切っ先を、さらに手首へと突き立てた。

ごりっ、と骨に当たり、肉を引き裂《さ》きながらカッターは手首から逸《そ》れた。

さらにもう一度と振り上げた途端、もはや全く力の入っていない右手からカッターがすっぽ抜けた。カッターは壁にぶつかり、大きく跳《は》ねて、カーペットの床に鈍い音を立てて落ちた。

「……うああ……」

空《から》になった右手を床に叩《たた》き付けて、僕は血塗《ちまみ》れになった左手と床の上に転がった。

横倒しに転がって、僕は泣いていた。

焼ける痛みが手首を喰《く》い尽くしていた。手首から先は冷たくなって、痺《しび》れてほとんど感覚がなくなっていた。

心臓の鼓動《こどう》に呼応して、手首からはとめどもなく鮮血が湧《わ》き出していた。手を流れる自分の血が、何とも異様に温かかった。指先から血が抜けてゆき、徐々に左腕が冷たくなってゆくのが判《わか》った。ただ傷口だけが熱く、脳天まで響く激痛を、絶えず生み出し続けていた。

とうとう、僕は一線を越えてしまった。

もう、戻る事はできなかった。

痛みに呑《の》まれて朦朧《もうろう》とする頭で、僕はただ強く念じた。お前ら四人のせいで、僕はこうして死んでゆくのだ。

——僕は死ぬ。

お前らのせいだ。

それは全《すべ》て、お前らの責任なのだ。

僕はあいつらの憎々しい顔を思い浮かべた。あいつらはみんな、人殺しなのだ。

城山《じようやま》、お前のせいだ。お前が僕に目をつけた。僕が一体何をしたんだ？　中学生にもなっていじめなんてガキみたいな事を！

尾久《おく》、お前のせいだ。お前の何が偉いんだ？　滅茶苦茶《めちゃくちゃ》頭悪いくせに！　喚《わめ》くしか能がないくせに！

赤木《あかぎ》、お前のせいだ。お前もただのチンピラだ！　お前が死んでも誰《だれ》も困らない！　世の中に必要ない！

河本《こうもと》、お前のせいだ。お前は単なるデブのくせに！　僕がいなけりゃいじめられるのはお前なんだ！

あいつらは力ばっかり強い、言葉も通じない大馬鹿《おおばか》な猿《さる》だ。

人と目が合ったら、喧嘩《けんか》を売る事しか思い浮かばない猿だ。

その猿のせいで、僕はこうして死んでいく。何もかも、あいつらのせいなのだ。

意味も無く僕を殴《なぐ》ったあいつらを許さない。あいつらは座っている僕を、突然急に殴る。

笑いながら僕を殴った、あいつらを許さない。あいつらは何の脈絡も無く、思いついたように僕を殴る。

僕から金を取った、あいつらを許さない。払えない時にはそのたびに殴って、あいつらへの借金として何百万円も計上されている。

僕がおしっこをしていると突然羽交い絞めにして、そのままトイレの外へ連れ出したあいつらを許さない。あいつらのせいで、僕はいつもトイレでは怯《おび》えているのだ。

他《ほか》にもいくらでもある。

数え上げたらきりがない。

毎日、毎日、毎日、毎日！

僕は毎日、あいつらにいじめられていたのだ。

見ていたクラスの奴《やつ》も同罪だ。あいつらは僕がいじめられているのを見て笑っていた。

役立たずの先生も同罪だ。いじめをしているのはあいつらなのに、僕も悪いだなんて吐《ぬ》かしやがった。

父さんも母さんも同罪だ。先生と同じ事を言う。

僕の何が悪いんだ？　僕が僕だという事が悪いなら、僕は死ぬしかないじゃないか！

みんな、みんな、許さない。

だから僕は、みんなを恨《うら》みながら死んでやる。

死の寸前まで気なんか失わない。

憎悪《ぞうお》と痛みに焼かれつつ、最期《さいご》の最期まで奴等《ら》を呪《のろ》いながら死んでやるのだ。

胸が焼けるような憎しみで、心を一杯にしながら死んでやる。

死の向こうまで、憎悪を抱《かか》えて行ってやる。

恨みぬいて死んでやる。

呪いながら死んでやる。

死ぬ！　死ぬ！　死ぬ！　…………畜生《ちくしょう》……っ！

体が末端から冷たくなり、だんだん生命《いのち》が失われてゆくのが判《わか》ったが、心の中の黒い火は、ますます暗く燃え上がった。

何故《なぜ》、何故あいつらじゃなくて、僕の方が死ななければならないんだ？　浮かぶ自問はその端から憎悪に変わって、毒物のように激しく僕の胸を焼いた。

僕が死んでもあいつらはのうのうと生きてゆくのか？　そう考えると狂的な憎悪が、胸の中で荒れ狂った。

こんなにも憎いのだから、呪いが存在しなければ嘘《うそ》だ。

こんなにも巨大な憎悪が、何も生み出さずに消えるわけがない。

微《かす》かに動く右手が、血の海になったカーペットを引っ掻《か》いた。

自分の血の海に浸《つか》って、みるみる血と体温を失いながら、僕は声にならない声を上げ、涙を流して憎悪した。

「……うあ…………あ…………！」

目の前が暗くなってくる。

まるで日が暮れ始めたかのように、世界が光量を失ってゆく。

手首の激痛も、もうほとんど感じなくなっていた。その事がかえって、僕に自分の〝死〟を明確に感じさせていた。

——畜生《ちくしょう》、畜生、

　　畜生、

　　　畜生、

憎くて悔しくて、胸の中で狂おしい感情が爆発した。

死にたくなかったが、もう戻れなかった。

今までも何度も手首を切ったが、それは自分が死なないための自傷だった。しかしとうとう耐え難《がた》いまでに、自分の中の憎悪《ぞうお》が膨《ふく》らんでしまったのだ。

相手へは向けない後ろ向きな憎悪が、自分へ向いてしまった。

あいつらに敵《かな》わないなら、この怒りは自分にしか向けられない。

自分の中の悪鬼が叫ぶままに、力の限りに手首を切った。もうどうやっても、自分は助からないだろうと感じていた。

——畜生……！

納得いかなかった。もう、視界は夜のように暗くなった。

自分だけに見える夜の帳《とばり》が、僕の視界を覆《おお》っていく。

それは深くて暗い、恐ろしく静かな死の帳だ。

——悔しい！

　悔しい……！

憎悪は濃縮され、朦朧《もうろう》とした意識の全《すべ》てを塗り潰《つぶ》す。しかしそんな想《おも》いとは裏腹に、死の闇《やみ》は完全に視野を覆い尽くしてゆく。

自分の部屋の景色が、闇に包まれていった。

昏《くら》い〝死〟によって、視野の全てが塗り潰されていった。

これが、〝死〟。

憎しみに焼かれながら、僕の意識は闇の中に、視界と共に沈んでいった。

何もかも判《わか》らなくなっていった。それは眠りのようだったが、同時に脳貧血のように冷たく、そして不快だった。


「——で、それが君の『願望《のぞみ》』なのかね？」


その時、声が聞こえた。

はっ、とその瞬間、闇の中から意識が引き戻された。

目を開け、視線を上げると、暗い視界の中に自分を覗《のぞ》き込む顔があった。僕の頭のそばに立ち、僕の顔を見下ろす、逆さになった貌《かお》だった。

それは白く冷たい、仮面のような美貌《びぼう》だった。

死の闇《やみ》の中で、その顔はひどくはっきりと浮かんでいた。

まるで嘲《あざけ》りのような奇怪な表情を浮かべて、うっすらと嗤《わら》っていた。静かに、静かに、男はそこに立っていた。

「…………死神？」

僕は乾ききった喉《のど》で、そう掠《かす》れた呟《つぶや》きを発した。

「……どうしてそう思うね？」

男は僕の呟きに、くつくつと面白そうに笑みを洩《も》らした。

その声は甘く、どろりとした響きで僕の耳にまとわりついた。それはこの世のものとは思えない、あまりにも昏《くら》い声だった。

死神でなければ、幻覚だ。

その男は、まるで時代物の映画から抜け出てきたような、奇妙な格好をしていたのだ。

ぞろりと『彼』の体を覆《おお》っているのは、闇のような色の漆黒《しっこく》のマントだった。だが、それは単なる黒ではなく、もっと複雑な色合いをした〝夜色《よるいろ》〟とでも呼ぶべきものだった。

その襟元《えりもと》に覗《のぞ》く白いシャツには、ネクタイではなく黒い紐《ひも》が結ばれている。これも今風ではなく、昔の映画を思わせた。白い顔は長い黒髪に縁取られ、これまた大時代な丸眼鏡《まるめがね》をかけていた。その向こうで切れ長の目が、漆黒の瞳《ひとみ》を秘めて、静かに細められていた。

端正な白い顔は、怖気《おぞけ》を奮《ふる》うほどに凄絶《そうぜつ》な笑みを浮かべていた。

夜色《ヨルイロ》の外套《マント》を着て、男は静かに、僕を見下ろして嗤《ワラ》っていた。

「君の『願望』は本当に〝死〟なのかね？　井江田《いえだ》孝《たかし》君」

男は笑う。

何故《なぜ》『彼』は僕の名前を知っているのだろう？　そんな事を思いながら、僕は呆然《ぼうぜん》と男の顔を見上げていた。

いや、そもそもこの見知らぬ男は、どうやってここに入って来たのだろう？

ここは僕の部屋で、自殺するために親も入って来られないよう、ドアにしっかり鍵《かぎ》をかけたはずなのに。

「……そんなものは無意味だとも」

そう思った瞬間、男は言った。

「物理的な鍵など意味が無いよ。この『私』にとって意味があるのは、君が本当は何を望み、それをいかに強く望んでいるかだ」

「……！」

考えている事を読まれて、僕は呆然とした。

「それが『私』にとっての鍵となるのだよ」

男は言う。

「今、君の心の扉は確実に闇《やみ》へと開いている」

「…………」

「それを通って、この『私』は現れたのだ」

「…………」

「君の願いを、叶《かな》えるためだ」

男はそう言って、笑みを深めた。

僕は訳が分からず、ただ暗転してゆく目で、男の顔を見上げ続けるばかりだった。

やがて、僕は呟《つぶや》いた。

「あなたは……」

「……何者か、か？」

男は僕の言葉を引き取って、答えた。

「『私』は〝夜闇《よやみ》の魔王〟にして〝名付けられし暗黒〟。この世界にあまねく偏在《へんざい》する〝全《すべ》ての善と悪の肯定者〟だ」

男はそう言った。

「それが『私』の全てだ。だがもしも『私』を呼ぶための名が必要なら、こう呼ぶといい」

そして男は、その名を口にした。

「神野陰之《じんのかげゆき》」

「……神野……」

「そう、それが『私』を指し示す固有の名であり、『私』を呼ぶために付けられた唯一の真実にして仮初《かりそめ》の名だ。

さあ、君の望みを聞こうか。君が志向している、その狂おしいまでの闇を聞こう。何故《なぜ》なら『私』はそのためにやって来たのだからね。この『私』を呼び込むまでに昏《くら》く肥大化した、君の『願望《のぞみ》』を示してみたまえ――――」

2

久しぶりの学校だった。

僕は退院してから、今日初めて学校にやって来た。

僕の左手には指先まで、真新しい包帯が巻かれていた。僕の自殺未遂の噂《うわさ》は皆が知っているらしく、最初は腫《は》れ物を見るように、遠巻きに僕を眺《なが》めていた。

城山《じょうやま》がやって来て、僕の頭を小突くのを皆が見ていた。

その時までは、少しだけ教室の雰囲気が違った。

だが、そのうちに皆興味を失ったように、僕の存在を無視し始めた。学校は、何も変わっていないようだった。

僕はじっと、自分の席に座っていた。

包帯に包まれた自分の手を、じっと席に座って眺《なが》めていた。

「……おい、自殺未遂野郎」

そうしていると僕の頭を、誰《だれ》かが悪態と共に突いた。顔を向けると、そこには尾久《おく》が立っていた。

髪を妙な色に染めた、相変わらず頭の悪そうな笑い。

「早速だけどな、コーラ買って来てくれよ」

尾久は言った。

もちろん、尾久は金なんか出さなかった。

黙って立ち上がり、教室を出る僕の背中に、赤木《あかぎ》の怒鳴り声が投げつけられた。

「コーラは三個、あとコーヒーな！」

これも良くある事だ。学校設置の販売機は紙コップのやつだけなので、この左手では確実に何往復も必要だった。

僕は俯《うつむ》いて、教室を出た。

廊下に出ると、学校そのものの喧騒《けんそう》が耳に入った。

学校の喧騒を聞きながら、僕は今までの事を思い出していた。いじめを受け始めてから今日までを、僕は思い出していた。

きちきちきちきち……………

†

カッターナイフの刃を、いっぱいに押し出した。

その鈍く輝く光が、僕の生活の中で一番良く見る光景となっていた。

あいつらのいじめが始まってから、僕は自傷行為をするようになった。リストカットなどと言われているが、誰かがそう言ったのなら、そんなものかも知れない。

僕は、自分の手首を切るようになった。

最初に自分の手を切った時の事を、僕は今でも憶《おぼ》えている。

何故《なぜ》だか判《わか》らないが僕はその日、自分の部屋に閉じ籠《こも》って一杯に伸ばしたカッターナイフを見つめていたのだ。白くくすんだ刃《は》の表面を、僕はじっと見つめていたのだ。

いじめが始まり、親にも言えず、要求された金を払うために親の金に手をつけた。

それでも足りず、親も不審に思い始め、いじめられるのが嫌で学校に行くのも憂鬱《ゆううつ》になっていた頃《ころ》だ。

そんな夜に、僕はカッターナイフを偶然手に取った。

そして気がつくと、無心にその薄い刃《は》を、じっと見つめていた。

「………」

じっと、見つめている。

そうしている自分の感覚に、まるで現実感が無かった。

夢を見ているような、自分と世界の間に見えない霞《かすみ》がかかっているような気分だ。しかし、それは別にその時に始まった感覚ではなかった。

いじめが始まり、それに耐え難《がた》くなった頃から、世界は僕にとって苦痛ばかりの異世界へと変わった。その頃から、僕は日常の全《すべ》てに対して現実感を失《な》くし始めていた。

楽しい事など何もなく、生きている意味などなかった。

そんな世界に、現実感など感じられるわけがなかった。

生きている事が辛《つら》くて仕方がなかった。この苦痛ばかりの現実が、もう現実だとは感じられなくなっていた。

ぼんやりと、僕はカッターの刃を見つめた。見つめながら、僕はあいつらにいじめられる毎日を思った。

殴《なぐ》られるなら、まだ我慢できた。

だがすぐにいじめには陰湿なものが加わり始め、その種のいじめには耐えられなかった。

その日も、僕は学校帰りに四人に捕まり、金を要求された。払えないと分かるとあいつらは僕を押さえつけ、僕のズボンとパンツを剝《は》ぎ取ったのだ。

そしてそのまま、あいつらは僕を追い立てた。

僕のズボンを河本《こうもと》が持って逃げ、他《ほか》の三人が後ろから蹴《け》りつけて、僕は下半身裸の状態で、往来を走らされた。

あまりにも恥ずかしくて屈辱《くつじょく》的で、僕は泣きながら走った。

そこは住宅地で人通りは少なかったが、僕の尊厳も何もなかった。

座り込んだ僕にあいつらが飽《あ》きるまで、それは続いた。座り込んだ僕を蹴るのに飽きると、あいつらは電柱の高い所に僕のズボンを引っ掛けて、そのまま笑いながら、どこかへと行ってしまった。

否応《いやおう》もなかった。

僕はズボンを取るために、下半身裸のまま電柱を登った。

制服もぼこぼこに蹴られて、靴《くつ》の跡だらけになっていた。そのまま家に帰れば普通は家族が気づくものだが、共働きの僕の家では帰っても誰《だれ》もいないのだった。

制服の洗濯も僕の仕事だ。

自分の手で証拠は隠滅され、家族の誰も、僕がいじめられている事に気づいていなかった。

そうでなかったとしても僕は隠そうとしただろう。父さんに話しても、嫌な顔をされるだけだと目に見えていたからだ。

母さんに話せば、ショックな顔をするだろう。

だが、それもどうしようもなく嫌だった。

心配をかけたくないとか、そんなものではなかった。ただ、煩《わずら》わしかったのだ。

根掘り葉掘り聞かれるのも、話すのも嫌だった。だからといって、このままでいいなどと、
僕が思っているわけでもなかった。どうすればいいかなど僕には見当もつかなかった。すでに
現実に対して思考が停止して、何も考えられなくなっていた。

心が悲鳴を上げていたが、頭が曇ってしまっていた。

既《すで》に僕は世界に耐えかねて、おかしくなっていた。

ただ、僕はカッターナイフを見つめていた。

そして曇りのある刃を見つめて、そっとその、表面に触れた。

白っぽい表面に、自分の指が映った。まるで霧《きり》を挟《はさ》んで、刃《やいば》の向こうにも自分がいるかのようだ。

白濁《はくだく》した刃の向こうに、もう一人の僕がいる気がした。

僕の目の前に、そんな鋭利な刃《は》が、長く伸びていた。

「……」

ふと、その刃の本来の用途を思い出した。

そして用途と共に、肉体を傷つける傷害のイメージが、目の前のカッターナイフに閃《ひらめ》くよう

によぎった。

　　――刃物。

　　　傷。

　　　死。

　　　自殺。

　それらのイメージが、次々と脳裏に浮かぶ。

　しかし痛みや血のイメージは浮かばなかった。自我を防衛するために現実感を失《な》くした今、僕の意識では〝痛み〟は霞《かすみ》の向こうの話だった。

　殴《なぐ》られ続けて、僕は痛みに対してかなり鈍感になっていた。

　死ねば、楽になれるかも知れないと思った。

　この嫌でたまらない地獄から、逃げ出せるかも知れないと思った。そう思ったが、それでも僕は死ぬのが怖かった。

　これだけは理由もなく、ただリアルに自分の死が怖い。

　死にたく、なかった。

　だがこの刃物で自分の手首を切る事に、僕はたまらない欲求を感じていた。それは〝死〟や〝痛み〟とは、切り離された欲求だった。

　ただ自分の体を傷つけたくてたまらない。

そんな奇妙な考えに、僕はその時取り憑《つ》かれていた。

それは背中に澱《おり》のような疲労が溜《た》まって、大きく伸びをしたい、その感覚に似ていた。この刃を肉に滑りこませればさぞや気持ちがいいだろうと、そんな気になった。

それに手首を切れば、誰《だれ》かが気づいてくれるかも知れない。

僕がどれだけ危険な状態にあるのか、気づいてくれるかも知れない。

そんな考えが、頭のどこかに浮かんだのも確かだ。その時の霞《かすみ》がかかったような自我では、その強烈《きょうれつ》な欲求を疑問には感じなかった。

僕は欲求に従って、薄くて細い美しいカッターの刃を、そっと自分の手首に当ててみた。

ひやり、とは感じなかった。

ただ金属の刃が手首に触れている感触を、僕の肌は正確に感じ取っていた。

何かを切り裂《さ》くために研ぎ澄まされた薄さが、ちくりと僕の肌を刺していた。

す、と自然に、僕は刃を引いていた。

ぴりっとした微《かす》かな痛みと共に、薄く研ぎ澄まされた刃が皮膚《ひふ》を切り割って潜《もぐ》り込んだ。

痺《しび》れのような、そう強くはない痛みだった。薄い肉をカッターが切り裂き、じわりと肉から赤い血が染《し》み出した。

「う……!」

見た途端に、怖くなった。

痛みも、突然増した気がした。

しかし、僕はカッターを持つ手を止められなくなっていた。この傷が、痛みがどうしても必要な気がして、冷たい興奮が、僕の頭の中を一杯にしていた。

――死ぬかもしれない。

死にたくない。

助けて………！

恐怖や怒りや悲しみなどの、今まで溜め込んでいた無数の感情が胸の中で爆発した。

そしてそれらの混じり合った感情は、奇妙なくらいに冷静な、狂った理性に統合されていた。

ひどく冷静な興奮状態でさらに腕を切った。頭の端で恐怖は感じていたが、もう止められなかった。

腕の内側の白い皮膚を、さらに切り裂いた。

切り口の皮が捲《めく》れて、陰影になった線が次々と腕に引かれた。

すぐに血が染み出し、それが赤い線に変わった。痛みは増したが、それを必要とする思いもさらに増した。

痛みが、僕の魂《たましい》に何かを刻み付けていた。聖痕《スティグマ》めいた痛みと傷が、僕の心を歪《ゆが》んだ形で落ち着かせていった。その落ち着きが心地よくて、僕は何度も腕を切った。青白い腕に次々と線が引かれ、痛みと血が次々と涌《わ》き出した。

何度も。何度も。何度も。何度も。

何度も。何度も。何度も。何度も。

僕は何度も自分の腕の肉に切れ目を入れた。

左腕に切る所がなくなり、喉《のど》の渇《かわ》きを感じて台所に行って、驚いた母親に救急車を呼ばれるまで――


……そして、何も変わらなかった。


僕が手首を切った事で親も教師も何かに気づいたようだったが、僕に何かを聞く事もなく、何か対策をするような事もなかった。

手首を切ったくらいでは、何も変わらなかった。

いじめももちろん止まらなかった。僕の自殺未遂はあいつらの笑いのタネとなり、かえっていじめは酷《ひど》い方向へとエスカレートしていった。

僕が手に入れたのは、左腕に刻まれた無数の肉色の線だけだった。

地獄は、継続していた。

だが、僕の精神状態の下降は緩《ゆる》やかなものになっていた。

あれから僕は何度も手首を切るようになったが、その自傷行為が皮肉にも僕の精神を危ういところで繋《つな》ぎ止めた。僕にとって何よりも近しいものが、カッターナイフになった。

僕は家にいる時は、ほとんどの時間をカッターナイフを眺《なが》めて過ごすようになった。

あの無機質でありながら、何となく有機的に思えるぬめりと輝く刃の表面。

その曇った光沢《こうたく》を眺めていると、不思議に心が落ち着くようになった。暇さえあれば、そのカッターナイフで、何かを切り刻んだ。

部屋に閉じ籠《こも》って、紙を、布を、無心に刻んだ。

しゃっ、しゃっ、と小さな音を立てて、その刃の鋭さを指先で感じた。

次々と生産される細切れの屑《くず》が、何となく楽しかった。カッターの鋭利な刃が、紙屑と一緒に僕の傷ついた魂《たましい》を削《けず》り取ってくれていた。

切れ味が鈍ると、ぱきりと刃を折る。

するとたちまち、傷つき鈍くなった刃は新品の鋭さを取り戻す。

その当たり前の神秘に、新しく現れた刃先をうっとりと見つめた。しばし新しい刃先の鋭角な先端を眺めて、また無心に何かを刻む作業を再開した。

しゅりっ、しゅりっ、と刻み続ける。

こうしている間は、嫌な事は何もかも忘れる事ができた。

それでも耐えられないほど嫌な事があれば、自分の手首を切った。傷は塞《ふさ》がる端から新しく重ねられ、僕の腕は無数の傷痕《きずあと》でケロイドのようになっていた。

しかし彫刻を刻む芸術家のように、腕に線を刻む時は心が静まった。

部屋に閉じ籠《こも》って作業に没頭する僕を、母親は心配しているようだった。

僕は何度も手首を切り、僕の部屋からは毎日大量の紙屑《かみくず》がゴミとして出た。だが父親は不機嫌に僕の行為を無視し、母親は心配するだけで何もしなかった。

いじめは毎日毎日続き、家に乗り込むと脅《おど》されて登校拒否もままならなかった。先生も何もせず、クラスの皆も笑って見物するだけだった。

僕の味方は、誰《だれ》もいなかった。

僕の味方はカッターナイフだけだ。

カッターナイフだけが僕を満たしてくれるのだ。僕はますますこの薄刃《はくじん》へと魅《み》せられ、のめり込んでいった。

ある日などは、僕は一晩中カッターの刃を折り続けた。

ぱきん、ぱきんと延々とカッターの刃を折り続け、その一片一片を机の上に広げて鋭い刃先に見入った。

ぱきん、と刃を折ると、ちりん、と爪《つめ》のような一片が、机の上に落ちる。

たちまち机には、鈍く輝く山ができた。

それを眺《なが》めるうちにこの刃物の山を握り締めたいような、愛《いと》おしい衝動《しょうどう》にかられる。きっと痛いだろうが、その痛みは僕の気持ちを落ち着けてくれるだろう。

——ぱきっ、
ぱきっ、
ぱきっ、
ぱきっ……

締め切った部屋に、カッターの刃を折る硬い音だけが、延々と響き続けた。

カッターの刃は素晴らしいものだ。

それは実用的で、しかも非常に思想的だった。

カッターの刃は、非常に薄くて脆《もろ》かった。他《ほか》の刃物と比べれば脆弱《ぜいじゃく》としか言いようがない、弱々しい強度しか持っていないものだ。

弱く、脆く、力を加えられれば簡単に折れる。

だがその鋭さを支えるのも、また脆さだった。

硝子《ガラス》の薄片が異常な切れ味を示すように、カッターの刃の鋭さはその薄さが保証していた。

そして折れるたびに、そこからは新しい切っ先が顔を出すのだった。

脆さゆえに折れるのだが、常にその奥には研ぎ澄まされた切っ先が眠っている。折れば折るほど、カッターの刃は鋭くなる。

自分もこうありたいと、僕は心から願った。

僕の脆弱《ぜいじゃく》な体に、傷つくほどに鋭さを増す一枚の刃《やいば》が眠っているなら、どんなに素晴らしい事だろうか？

僕は、自分の中の切っ先を夢想した。

しかし残念ながら、現実にはそんな事はなかった。

僕の心は日に日に耐えられなくなり、自傷行為もその頻度《ひんど》を大きく増した。そして自分の中に眠る薄刃《はくじん》の空想に浸《ひた》りながら、僕は自分を傷つけた。

時には自分の爪《つめ》の間に、折ったカッターの刃《は》を押し込んだ。

白濁《はくだく》した爪の、指との間の肉に、みちみちと刃《やいば》の一片を押し込んだ。

爪に張り付いている柔らかい肉が切り裂《さ》かれ、爪から肉を剥《は》がしながら爪の裏側に切っ先が入り込んだ。手首の時とは比べ物にならない痛みが神経を抉《えぐ》り、赤黒い血溜《ちだ》まりが巨大な血豆のように爪に浮いた。

「…………！」

叫び出したいほどの痛みが指先で火を吹き、爪の裏にカッターの刃が見えた。

「…………ひひ……！」

だが、僕は脂汗《あぶらあせ》を流しながら笑っていた。

まるで鉄の爪が生えたみたいで、少しだけ気分が良かった。そのまま即席の鉄の爪で、机の上に置いた紙を切ってみた。

「…………ぎゃあっ！」

カッターは紙ではなく僕の爪の裏側を切り裂き、僕はあまりの激痛に悲鳴を上げて椅子《いす》から転がり落ちた。

「うう……」

剝がれてぶらぶらになった爪を押さえて、僕は泣いた。

最初は痛みで、やがて何もかもが悔しくて、泣いた。

もう、僕は耐えられなくなっていたのだ。

僕が死なないための自傷ではなく、本当に死ぬために手首を切るまで、あと本当に、もう少しだった。

・

臨界は、すぐに来た。

・

僕は死ぬために、生まれて初めて、自分の手首を切った。

そして――――僕は、『彼』に出逢った。

死ぬために手首を切り、死の淵《ふち》に至っていた僕の前に、『彼』は音もなく現れた。

『彼』はまるであらゆるものを嘲笑《あざわら》うかのような昏《くら》い笑みを浮かべ、静かに血の海に横たわる僕の顔を見下ろしていた。夜よりもなお暗い、しかし全くの黒でもない夜色《ヨルイロ》の外套《マント》が、僕の視界に降りつつある死の闇《やみ》に、その輪郭《りんかく》を溶け込ませていた。

「君の本当の『願望《のぞみ》』は、何だろうね？」

笑みを浮かべて『彼』は言った。全身から体温と力が抜け、もうぴくりとも動けない僕は、ぼんやりと一つの噂《うわさ》を思い出していた。

それは人の願いを叶《かな》えるという、一人の黒衣の人物の噂だった。

〝魔人〟

〝叶えるもの〟

それは人が誰《だれ》よりも強い願望を持った時に現れるという、都市伝説中の謎《なぞ》の人物。

どこかで、僕はそれを聞いた事があった。だが朦朧《もうろう》とした頭では、どこで聞いた噂だったか思い出す事ができなかった。

「…………………望……み……？」

僕は呟《つぶや》く。

僕の言葉は空気が口から漏《も》れているような、すでに言葉になっていないものだった。

それを『彼』は当然のように聞き取って、頷《うなず》いた。僕の意識が言葉を介さず、直接伝わっているかのようだった。

「……そう、願望《がんぼう》だ」

目を細めて『彼』は言った。

「君が死の闇の中に放った意思は、本当に君の〝死〟なのかね？」

漆黒《しっこく》の瞳《ひとみ》が、僕の目を見つめた。

全《すべ》てを見透かすような瞳だった。それは僕の心から全てを吸い出すような、あまりに深い闇だった。

――――僕の…………望み……

呆然《ぼうぜん》と、僕は思う。

自分が何かを望んだか、僕には判《わか》らなかった。

何も望んだつもりはないし、諦《あきら》めたからこそこうして死を選んだはずだ。そんな僕が、何を望むというのだろう？

いじめられない自分を望んだか？

強くなる事を望んだか？

いや、どれも違うような気がした。やはり、僕は何も望んでいなかった。

「それならば、それで構わないとも」

無言の僕に、『彼』は言った。

「だが自分の真《まこと》の『願望《のぞみ》』に気づいていないなら、急いだ方がいいね……」

言いながら、『彼』の笑みは意味ありげに深くなる。

「なぜなら、君の命は今にも尽きかかっているのだからね」

「…………！」

「もしも欺瞞《ぎまん》ではなく本当の魂《たましい》の『願望《のぞみ》』があるなら、死に至る前に気づいた方がいい。死は全《すべ》ての終局にして救いだが、真の死は望みの果てにあるものだからだ」

その『彼』の言葉に、僕はようやく目の前にある〝死〟を真の意味で見た。

それは僕の何もかもを呑《の》み込む〝死〟だ。目の前に広がるこの闇《やみ》に呑まれた時、僕はこの世のあらゆる望みを叶《かな》える資格を失ってしまうのだ。

本当に僕は何も望まなかったのか？

何も望めなくなる前に、僕が気づくべき望みはないのか？

「自分の願望《がんぼう》を見つけられず、終局に至る人間は不幸だ」

焦《あせ》る僕の目に、死の闇はどんどん深くなっていった。

「……さあ、時間がない、君の『願望《のぞみ》』は何だ？」

『彼』は高らかに、僕を追い立てた。

自分の血の海に浸《つか》りながら、僕の意識は失われていった。最後に消えゆく視界の中に、自分の血に塗《まみ》れたカッターの刃を収めながら、僕は無明の闇の遥《はる》か奥へと沈んでいった。

†

買ってきたコーラとコーヒーのコップを、四人に渡した。

「……なんだよ。行けよ」

黙って立っている僕を、あいつらは追い払った。

僕は、何も言わずに自分の席に戻った。戻って、あいつらにじっと目を向けた。

結局助かった僕は、こうして元の地獄に戻って来ていた。

ここは僕をいじめる、無関心な教室だった。

日常という、僕が元いた地獄だ。それは僕が手首を切ってから変わっていなかったが、今の僕は以前とは違っていた。

僕は確かな聖痕《スティグマ》を、今ここに持っていた。この左手を覆《おお》う包帯が、僕の聖痕だった。

あいつらは、何も知らずに笑っている。

僕が聖痕を手に入れた事に気づかず、へらへらと笑っている。

僕は、完成してしまったのだ。

それにあいつらは、気づいていないのだ。

「…………」

僕は、じっとあいつらを見る。

そのうちに、下らない事を話しながらデブの河本《こうもと》が一気にコーラを煽《あお》った。

それを見て、僕の口は思わず大きな笑みを形作っていた。直後に、河本が潰《つぶ》れた叫び声を喉《のど》から上げた。

「げえっ！」

「！　お、おい……！」

「げっ……げえッ！　げぼっ！」

驚く三人の前で、河本《こうもと》は胃の内容物を机と床の上に吐き出した。

教室で誰《だれ》かの悲鳴が上がった。河本の吐き戻した水っぽい吐瀉物《としゃぶつ》には、一目見て判《わか》るほどの赤黒い色が混じっていた。

「……あが！　ああああああああああ！」

胸の辺りを掻《か》き毟《むし》って、河本が暴れる。口から血の混じった涎《よだれ》を垂れ流し、河本は蹲《うずくま》る。

机の上にあった、手のつけられていないコップが払い落とされた。コップは中身のコーラを撒《ま》き散らして、床に転がった。

その床に広がったコーラの中に、いくつもの小さな異物が光った。

カッターの刃の、一片だった。

教室は騒然となった。

その中で、僕は肩を震わせて、くすくすと笑い続けていた。

河本は病院送りになった。

3

僕はあれからすぐに、城山《じょうやま》達《たち》三人に引き摺《ず》られるようにして、教室の外へ連れ出されていた。

僕は人気《ひとけ》のない校舎裏に連れ込まれていた。城山が無言で僕を壁へと突き飛ばし、赤木《あかぎ》が壁に手を突いて、僕を威嚇《いかく》的に見下ろした。

「…………おい、何のつもりだよ」

赤木が唸《うな》るような低い声で、僕に囁《ささや》いた。今までの僕が怯《おび》えて震え上がっていた、凶暴な犬の唸り声だ。

今まで何度、こうして殴《なぐ》られただろう。この校舎裏にはかつて倉庫を壊した廃材が積まれていて、何度も足や尻《しり》を角材で殴られたものだった。

今も、尾久《おく》が細身の角材を拾い上げている。

僕の反抗に怒り狂った尾久は口を威嚇的に歪《ゆが》めて、僕を激しく睨《にら》みつけながら近寄ってきていた。

だが、僕は笑っていた。

僕はもう、今までの僕ではなかった。

僕はあの時に死んで、そして生まれ変わったかのように、違うモノへと変わっていた。僕と世界との間にあった靄《もや》は消え去り、世界そのものになったような、明瞭《めいりょう》な感覚があった。

世界が違って見えていた。

だから、僕は笑って尾久《おく》を見ていた。

「なに笑ってんだ！」

ばちーんと激しい音を立てて、尾久の振るった角材が腿《もも》を打った。

骨まで響く痛みに僕はよろめき、膝《ひざ》をついて地面に蹲《うずくま》った。

細い角材はその一撃で折れていた。折れた角材を目一杯振るって、尾久はヒステリックに僕の肩や背中を二発、三発とひっぱたいた。

「……おい、頭は殴《なぐ》るなよ」

その様子に、城山《じょうやま》が苦笑する。

「死んでも知らねえぞ？」

言いながらも、城山の顔は笑っている。

城山と、目が合った。

瞬間、城山の表情から笑みが消え、冷酷《れいこく》な無表情に変わった。

「立たせろ」

そう城山が言い、僕は赤木《あかぎ》に襟首《えりくび》を摑《つか》まれて、無理矢理に立たされる。

途端に城山のパンチが僕の腹に入り、僕はまた蹲ったが、赤木に襟から吊《つ》り上げられ、引き起こされた。

「二度と逆らおうなんて考えないようにしてやるよ」

城山は僕の胸倉を摑み上げて、さらに数回僕の腹を殴った。

「おら」

「う……」

僕は息ができなくなって、胸倉を摑む手にしがみつくようにして、喉《のど》の奥で喘《あえ》いだ。

「ふざけた真似《まね》しやがって。自業自得《じごうじとく》だ」

苦しむ僕の顔を、城山は見下ろす。その直後、城山は僕の胸倉を摑んでいた手を、反射的に引っ込めた。

「痛《つ》……っ！」

小さく、城山は顔を顰《しか》めた。

そして呆然《ぼうぜん》とした表情で自分の腕を見、腕から生えている金属片に気づいて、ようやく自分が何をされたのかを知り、さっと顔《かお》色を変えた。

「……お前……」

城山は呻《うめ》いて、自分の腕に刺さったカッターの小片を払い捨てる。その表情は怒りと、自分でも気づいていないほどの微《かす》かな恐怖のために蒼白《そうはく》だった。

僕は、笑っていた。

「野郎！」

赤木《あかぎ》が拳《こぶし》を固めて僕の顔を殴《なぐ》り飛ばしたが、悲鳴を上げたのは赤木の方だった。赤木の拳に、いくつものカッター片が突き刺さっていた。

「くそお……痛《い》てぇ！」

赤木は喚《わめ》く。

深々と刺さった小さな刃を、震える手で引き抜いてゆく。

この期《ご》に及んで、やっと三人とも異常に気づいたようだった。強張《こわば》った顔で、城山《じょうやま》と尾久《おく》が僕を見下ろした。

「…………」

殴られた僕は、顔を押さえて跪《ひざまず》いていた。口から真《ま》っ赤《か》になった唾液《だえき》が伝い、口内に鉄の味が広がった。

歯が、折れていた。

そうなれば鉄の味がするのも、当たり前だった。

歯《ハ》が折れたなら、次の刃《ハ》が出ているはずだ。

僕は鉄の味に満ちた口から、血に塗《まみ》れた歯と一緒に、鈍く輝くカッターの刃を、ひとつだけ吐き出した。

三人の、僕を見る顔が引き攣《つ》った。

僕はゆっくりと立ち上がり、頬《ほお》を押さえた手を下ろした。

「…………！」

三人の目が見開かれた。

僕の頬からは、刃が生えていた。

赤木の手に刺さったのはこれだった。僕の頬はカッターの刃を無数に刺し込んだ粘土のように、びっしりと鉄の刃を生やしていた。

殴られて、いくつかの刃が頬を貫通していた。

まだ口の中に残っていた〝それ〟を吐き出し、僕は笑った。

僕はあの死の淵《ふち》で自分の望みに気づき、望むものになったのだ。

僕は、あの〝薄刃《はくじん》〟になったのだ。

「……うわああ！」

尾久が、恐怖の叫びを上げた。角材を振り上げ、力任せに僕の頭に向けて叩《たた》きつけてきた。

僕は反射的に頭を庇《かば》う。庇った右腕を角材が激しく打ち据《す》え、衝撃《しょうげき》と同時に嫌な音と感触が響く。

目の前が真っ白になるような痛みが疾《はし》り、がくん、と右腕が折れ曲がった。

折られた！　そう思った瞬間、僕の頭の中で新しい刃がぎらりと顔を出した。

折られた腕が、僕の新しい刃になった。皮膚《ひふ》を破って刃が飛び散り、その一片が、驚く尾久《おく》の右目に吸い込まれるように飛び込んだ。

「ぎゃあ――――――っ！」

絶叫が上がった。

角材を取り落とし、顔を押さえる尾久の指の間から、真《ま》っ赤《か》な血が一筋流れていた。

ゆらり、と僕は立ち上がった。頬《ほお》から、腕から、血の混じったカッター片がばらばらと地面に零《こぼ》れ落ちた。

城山《じようやま》の、赤木《あかぎ》の顔が、恐怖に彩《いろど》られた。

僕は自分の、折られた右腕を静かに見下ろした。

腕はだらりと垂れ下がり、熱く痛んで指先も動かせなかった。シャツの袖《そで》が赤黒く染まり、大きく破れて、そこからぱっくり開いた傷口が見えていた。

抉《えぐ》り取られたような傷口は、赤い中身がそっくり覗《のぞ》いていた。

そして赤い肉とは、別の物も。

赤い肉の中にはぎっしりとカッターの刃が埋まっていたのだ。それは血に塗《まみ》れ、僕の開いた肉の中に、牙《きば》のようにずらりと覗き、ごっそり溢《あふ》れ出していた。

僕の肉。

肉の繊維《せんい》のように、傷口に隙間《すきま》無く詰め込まれたカッターの刃。

「…………ひひひ…………」

僕の口から、掠《かす》れた哄笑《こうしょう》が漏《も》れ出した。

これこそが、僕の望んだ姿なのだ。

「うわあ！」

城山が、きびすを返して逃げ出した。

だが、僕は逃がすつもりはなかった。

城山に殴《なぐ》られた腹から、喉《のど》の奥を通って刺すような痛みがせり上がってきた。僕の舌の上に鉄の感触が乗り、僕は逃げる城山めがけて〝それ〟を吹き付けた。

ぶつっ、とズボンの生地を貫通し、カッターの刃が城山の腿《もも》に突き刺さった。

「……ぎゃっ！」

もんどりうって廃材の上に転がる城山に、僕は笑いながら近づいていった。その間にも、僕の左手に巻かれた包帯が、内側から破れてゆく。

包帯が、落ちる。

その中から顔を出したのも、カッターの刃だった。

剝《は》がれた爪《つめ》の間から、鉄の爪が伸びた。爪の間の肉から生えたそのカッターの刃は、まるで本物のカッターナイフのように、ずるずると指先から伸びていった。

血が指先から刃を伝い、ぽたぽたと落ちる。

腕中のリストカットの痕《あと》に無数の血の玉が浮き、そこからカッター片が次々と顔を出す。

腕の傷から、頬《ほお》から、続々と肉の中からカッター片は湧《わ》き出した。

顔の半分をカッター片で埋め、体中から血とカッター片を零《こぼ》しながら、僕はゆっくりと城山《じょうやま》を見下ろし、にじり寄っていった。

「……ひひひひひ…………」

僕は城山の前に立つ。僕を見上げる城山の顔は、見た事も無いくらいに怯《おび》えていた。

自然と、大きな笑いが浮かんだ。顔半分に密集したカッター片が表情に合わせて軋《きし》み、肉を切り裂《さ》いて顔からぼろぼろと落ちた。

「ひ――――」

城山の目が、飛び出すかと思うほど見開かれた。

僕は膝《ひざ》を折り、左手に生えた鉄の爪を城山の顔に近づけてゆく。

城山の顔が、これ以上ないほどの激しい恐怖に歪《ゆが》んだ。その瞬間、僕は後頭部にがつん、と凄《すさ》まじい衝撃《しょうげき》を感じた。

ごぼっ、と口から血が溢《あふ》れた。

血は城山に頭から浴びせかけられ、城山の顔を赤黒い色に染めた。

その大量の血の中には、同じくらい大量のカッター片が混じっていた。城山の髪から血の雫《しずく》と一緒に、濡《ぬ》れたカッター片が落ちた。

振り返ると、赤木《あかぎ》が仁王《におう》立ちになっていた。その手には太い廃材が握られ、血のついたそれは再び大きく振り上げられたところだった。がつっ、と廃材は、僕の頭へと振り下ろされた。

頭蓋骨《ずがいこつ》が割れ、頭がひしゃげて、頭から顔から、血とカッター片が撒《ま》き散らされた。

右目が見えなくなった。

眼窩《がんか》からカッター片がぞろぞろと溢れ出し、目玉を押し出して眼窩を埋《うず》めた。

「化物《ばけもの》め――――！」

赤木は三たび廃材を振り上げたが、今度は僕の方が速かった。僕は赤木に飛びかかり、左手で赤木の顔を掴《つか》むと、指から生えた鉄の爪を、思い切り赤木の顔に突き立てた。

「ぎゃあっ！」

赤木が絶叫する。

薄く鋭い爪は易々《やすやす》と赤木の顔の肉を切り裂き、目蓋《まぶた》を、目を、鼻を、頬を、ずたずたに切り刻んだ。僕の手は一つの生き物のように蠢《うごめ》き、自分の指の肉を切り裂きながら、その爪で赤木の顔を切り苛《さいな》んだ。

顔の肉を削《そ》ぎ、目を抉《えぐ》り、口の中を切り刻んだ。赤木は抵抗し、びっしりと刃の生えた僕の顔を掴《つか》んだが、僕は構う事なく、爪《つめ》を赤木《あかぎ》の腹に刺し込んだ。

「あがあああああああ……っ！」

赤木の絶叫は、すでに血泡《ちあわ》になっていた。

僕は赤木の腹の中に爪を滑り込ませ、そのはらわたを寸断し、掻《か》き回した。

僕と赤木の血が一面に飛び散って、地面の砂を黒く染めた。そのうちに赤木の絶叫は血泡に埋まり、僕の顔から手が剝《は》がれて、血の海の中で、静かになった。

しばらく、僕は動かなくなった赤木を苛《さいな》んでいた。

それに飽《あ》きると、僕はようやく顔を上げた。

その途端、僕の目の前を角材が通り過ぎ、赤木の頭を叩《たた》き潰《つぶ》した。

「……！」

顔を向けると、城山《じょうやま》が角材を、僕へと向かって振り下ろしていた。外れて、赤木に当たったのだ。

酷《ひど》い事をするなあ、と僕は笑った。

すると、がん、と今度は後ろから殴《なぐ》られた。

見ると、尾久《おく》も角材を握っていた。その半面は血に染まり、目から流れ出した血で上半身が赤く染まっていた。

「うわあーっ！」

尾久が角材を振り下ろす。僕の頭は大きく揺れて、血とカッター片がまた飛び散った。

絶叫を上げながら、二人は何度も僕に角材を振り下ろした。僕は左手で頭を庇《かば》ったが、角材の勢いで〝爪〟は折れ飛んで、指が、手首が、へし折れた。

その折れた先から、新しい刃が顔を出す。

恐慌《きょうこう》状態の二人は、目茶目茶に僕を角材で殴り続けた。頭がひしゃげ、顎《あご》が折れ、口から、目から、血とカッター片がざらざらと流れ出した。

そして、新しい刃《やいば》が顔を出した。

殴られ、首の骨が折れた。

新しい刃が顔を出した。

肩の骨が砕かれた。

新しい刃が覗《のぞ》く。

肋骨《ろっこつ》が折れる。

新しい刃が。

新しい刃が。

新しい刃。

刃が。

刃が。

刃が。

刃が…………

……………………

†

少年の墓は、小さな新興の墓地の片隅にあった。

その真新しい墓石の下に、あの少年――井江田孝《いえだたかし》は眠っていた。

その墓の前に、十叶詠子《とがのよみこ》は立っている。別に参りに来たわけではなく、散歩の途中で墓地に立ち寄り、それを見つけたのだった。

誰《だれ》も、クラスメイトで彼の墓に参る者はいない。

あの陰惨《いんさん》な事件を、誰もが忘れたがっていた。

少年の死は、大きく事件として取り上げられた。いじめグループが無抵抗な少年と、そして何故《なぜ》か同じグループの一人を、校舎裏で角材を用い、極めて残忍な方法で撲殺《ぼくさつ》したのだった。

少年――井江田孝は、顔形の判別がつかないほど目茶目茶に殴《なぐ》られていた。

そして仲間割れでもしたのだろうか、いじめグループの一人である赤木真司《あかぎしんじ》も、角材で頭を一撃され、同じ場所で絶命していた。

犯人の城《じょうやまみつる》 山充と尾久鷹人《おくたかひと》は、今は少年院に行っている。

しかし捕まった二人は、最後まで突きつけられた犯行を認めなかったという。

二人は赤木真司を殺したのは孝だと言い張った。そして孝が激しく抵抗したので、恐ろしくなって殺してしまったのだと主張していたらしいのだ。

だが、もちろんそんな主張は認められなかった。

二人はかすり傷一つ負っていない全くの無傷で、彼等《ら》の主張するカッターナイフの刃などはどこにも存在しなかったからだ。

赤木の傷も、頭部に受けた角材の一撃だけだった。

そして孝が角材を握った形跡は無く、赤木の血も城山の持っていた角材から検出された。

言い逃れはできなかった。

二人は、少年院へと送られた。

だが、妙な噂《うわさ》が学校で囁《ささや》かれていた。


少年院に行った二人が、井江田孝の呪《のろ》いに悩まされているという噂だ。

――――城山は事件の後、頭に異物感を感じて髪の毛の中に手をやった。

すると手がすっぱりと切れ、髪の毛の中からカッターの刃が一片だけ、出てきた。

それから城山《じようやま》は、身の回りに混じるカッターの刃に悩まされるようになった。髪の毛の中に、服の中に、食事の中に、布団《ふとん》の中に。カッターの刃はどこからともなく紛れ込み、城山の体を傷つける。

城山は安心して生活できなくなり、食事も摂《と》れなくなった。

どこにカッターの刃があるか判《わか》らないので神経衰弱に陥《おちい》り、少年院の中でノイローゼ状態になっているのだそうだ。

――尾久《おく》は、ある時右目の痛みに襲われた。

ゴミでも入ったのかと鏡を見ると、瞼《まぶた》の裏、白目と瞼との間から、カッターの刃の切っ先が覗《のぞ》いているのに気づいて悲鳴を上げた。

驚き、慌《あわ》てて医者に診《み》せたが、目の中にカッターの刃など見当たらない。しかし原因不明の目の痛みは続き、医者も匙《さじ》を投げた。

医者にも、他《ほか》の誰《だれ》にも見つけられないカッターの刃は、尾久が一人の時に目の中から現れるのだという。時には切っ先が視界に入るくらい目の前に降りてきて、尾久の目はいつも充血し、失明寸前だとも言う。

さらに目の中を動く刃の感触に悩まされて、不眠症になっているのだそうだ。尾久も城山と同じく、少年院の中でノイローゼ状態になっているという噂《うわさ》だ。

――いじめグループの一員ではあったが、事件には関《かか》わらなかった河本幸男《こうもとゆきお》は今も学校にいる。

だが、今は病気で休学中になっている。

あの事件の日、河本は突然の腹痛で病院に運ばれた。しかしその時には原因が不明で、そのまま腹痛は治ってしまい、一切何事も無かった。

それが、事件後数日してから異常が起こった。

河本は再び同じ腹痛を起こし、病院に運ばれた。

そこでレントゲンを撮《と》ってみたところ、驚くべき事が判った。河本の胃の中には、数十本のカッターの刃の細片が入っていたのだという。

緊急手術が行われ、河本は命をとりとめた。だがそれからというもの河本はたびたび腹痛を起こすようになり、そのたびに胃の中にはカッターの刃が、数十本の単位で入っているらしいのだ。

河本は、病気という事で休学している。

胃に現れるカッターの話は、あくまでも噂だ。

だが、詠子《よみこ》は見た。誰も気づいていなかったが、あの時こぼれたコーラの中に、カッターの刃が一片入っていた。

次に見た時には、カッターの刃は消えていた。それでも、詠子はそれを気のせいだとは思わなかった。

理由は、ない。

根拠は何もないが、詠子《よみこ》は真実だと思った。

『現実』ではなく、『真実』だ。詠子にとって、それは自明の事だ。

詠子は、世界を呪《のろ》いながら死んだ少年の墓を眺《なが》めやる。

その真新しい石に、詠子はちらりと小さな光る物を見つけた。

それは墓石のつややかな表面に突き刺さり、異物として光っていた。なんだろう？　と覗《のぞ》き込んだ詠子の目の前で、その小さな物体はぽろりと外れて落ちた。

それは、ちりん、と小さな澄んだ音を立てて、台座の石の上に落ちた。

それは、小さな金属片だった。

それは、鈍く輝くカッターの刃の一片だった。刃《やいば》はどういう訳か墓石に突き刺さり、まるでそこから生えてきたかのように、墓石から外れて落ちたのだった。

「…………」

詠子は呆然《ぼうぜん》と、その輝きを眺めていた。

その時、ごう、と一陣の風が、墓地の中に吹き荒れた。

風は墓地を囲む樹々《きぎ》を嬲《なぶ》り、ざわざわと音を立てた。その風と音の中に、詠子は微《かす》かに別の音が混じっているのを、その耳で確かに聞いた気がした。

きちきちきちきち………

それはカッターナイフの、刃出しの音だった。

誰《だれ》もいない墓地の中で、吹き荒れる風の中に、その微かで高らかな音は、哄笑《こうしょう》のように響き渡った。

風がやみ、墓地は再びの静けさを取り戻した。

詠子が目を戻すと、そこにあったはずのカッター片は、風に溶けたかのように、どこかへと消え失《う》せていた。

魂蟲奇譚

——コンチュウキタン——

この世界には〝蟲《むし》〟がいる。

その〝蟲〟は、見える人と見えない人がいる。

ほとんどの人には、その〝蟲〟は見えない。

しかし僕には、その〝蟲〟が見える。

†

1

僕が初めて〝それ〟を見たのは、小学二年生の時だった。

それは夏休みのある日、僕が家の仏壇《ぶつだん》がある部屋に一人で入った時の事だった。

その当時、そこには死んで間もない、僕の母親の骨壺《こつつぼ》が置かれていた。母は長い入院の末に死んだ人で、僕が物心ついた時にはすでに病院の中にいた、そんな人だった。

僕にとっては、ほとんど会った事の無い母だった。ろくに顔も知らない母の死に、僕はその時は泣いたものの、すぐにその事を忘れたほどだ。

なにせ僕が母親について知っている事といえば、かつて父に見せてもらったアルバムくらいしかない。僕にとって母という名の他人の死は、小さなイベントではあったものの、さほどの重要事ではなかったと言えるだろう。

親戚《しんせき》のおばさん。それくらいの印象しかない母だった。

だからお骨《こつ》を納骨堂に納めるまでの間、仏間に据《す》えられた祭壇は僕にとって節句のお飾りに等しいものだった。

線香と、祭壇に置かれた果物《くだもの》の香りがする部屋は、物珍しさも過ぎれば単なる遊び場でしかなかった。祭壇に触る事は祖父に戒《いまし》められていたが、その他《ほか》は何も変わらない、いつもの仏間でしかなかった。

祭壇を除けば、幼い頃《ころ》から見慣れた仏間だ。

しかしそこには、母の死と共に気になって仕方がない一つの物品が祭壇に置かれていた。

それは白い布に包まれた、一つの『箱』だった。

それは母のお骨と聞かされてはいたが、中がどうなっているか僕は知らなかったのだ。

骨壺が納められた白木の箱は、固く布に覆《おお》われて中身が窺《うかが》えなかった。しかも僕は母の火葬に立ち会いはしたものの、火葬台の上を見せてはもらえなかった。

印象に残っているのは、火葬が終わって箱を抱《だ》いた時、ひどく温かかったという事だけだ。

実際は火葬で熱くなった骨の熱なのだが、その時はまるで中に生物がいるかのような、不思議な気分になったものだ。

箱を抱《かか》えた手に伝わってくる熱は、僕の中に強い記憶を残していた。

僕にとってその箱は、中に何かが息づいているような、その温《ぬく》もりの印象が強かった。

そんなある日、僕が一人で留守番をする事になったのだから、つい中を覗《のぞ》いてみたくなったとしても仕方のない事だろう。祖父が用事で出かけ、父はいつものように仕事でいないという千載一遇《せんざいいちぐう》の好機に、僕は以前から狙《ねら》っていた通り、祭壇《さいだん》の上の箱に手を伸ばしたのだ。

「………」

子供の手にはずしりと重い箱を、僕は緊張気味に祭壇から降ろした。以前に感じた温もりは無く、その冷たい温度を意外に思いながら、僕は結び目を解《ほど》いて布を広げ、白木の箱の蓋《ふた》を開けた。

木箱の中には、白いつややかな壺《つぼ》があった。祖父から戒《いまし》められた悪い事をしている自覚に、僕はどきどきしながら、その骨壺の蓋を外したのを憶《おぼ》えている。

覗き込むと、中には白い砂のようなものが一杯に入っていた。

それに白い木屑《きくず》っぽい欠片《かけら》が混じって、川原《かわら》に溜《た》まった砂の様子に、少しだけ似ていた。

お骨《こつ》という言葉で想像していた、あからさまな骨には見えなかった。どちらかというと灰に見えるそれは、指で触ると軽くて粉っぽい手触りがした。

こんなものか、と僕は拍子抜けした。

見てしまえばそれは大した事はなく、僕はすぐに興味を失った。指に付いた粉をズボンの尻《しり》になすりつけ、僕は箱を戻そうと蓋を持ち上げた。

しかし――――その時、僕は大きく目を見開いた。

突然、遺灰の表面が動いて、中から何かが涌《わ》き出したのだ。


「わ……！」

驚く僕の目の前で、〝それ〟はわらわらと蠢《うごめ》いた。

それは黄金色《こがねいろ》の毛を生やした昆虫の脚であり、触覚であり、翅《はね》だった。それらは白い遺灰をもぞもぞと掻《か》き分けて、瞬《またた》く間に灰の中からその全身を露《あら》わにした。

それはまさに、土中から這《は》い出す昆虫の羽化《うか》の姿だった。

しかし骨壺の灰から現れたそれは、あまりにも大きかった。

それは見た事も無いほどの、大きな黄金色の〝蛾《が》〟だった。それは骨壺の口に這い上がり、壺どころか箱を覆《おお》い尽くすほどの大きな翅を広げて、仔《こ》を孕《はら》んでいると思わせる丸々と肥えた腹を掲げ、次の瞬間には空へ飛び立っていた。

「あっ……」

見ていた僕の目の前で、〝それ〟は開いていた窓から出て行った。

僕は慌《あわ》てて窓に駆け寄ったが、その大きな〝蛾〟は空に舞い、どこかに消えていった。

呆然《ぼうぜん》とそれを見守った後、僕の中に罪悪感が広がった。やってしまった！　祖父に怒られると思い、僕はその時ひどく慌《あわ》てた。

開けてはいけないと言われた箱を開けて、中のものを逃がしてしまったのだ。それは大人《おとな》に怒られるのを恐れる、子供っぽい罪悪感だった。

僕は箱を元に戻して、知らない顔をした。しかし箱を包んだ布を子供の僕は綺麗《きれい》に直せず、帰って来た祖父は、すぐに僕を呼び出した。

「……直輝《なおき》。お前、お母さんのお骨《こつ》を開けたね？」

祖父はびくびくとする僕に、そう訊《き》いた。

僕はその場で観念して、泣きながら祖父に謝った。

「ごめんなさい！　僕、中の〝虫〟を逃がしちゃった！」

僕は言った。子供だった僕は〝蟲《むし》〟の這《は》い出す光景を見て、骨壺《こつつぼ》をあの〝蟲〟を閉じ込めておくための物だと思ったのだ。

「なんだって？」

驚いたのは祖父だった。祖父としてはそんなにきつく咎《とが》めるつもりはなかったのだが、孫が突然わけの判《わか》らない事を言い出したのだ。

祖父は泣きじゃくる僕を宥《なだ》めながら、僕の見た事を聞きだした。だが話を聞くうちに、祖父の表情は、だんだんと厳しいものになっていった。

怯《おび》える僕に、祖父は言った。

「……いいかい、直輝」

祖父の表情は、いつになく重々しかった。

「お前にはまだ理解できないかも知れないが、よく聞きなさい」

そう言って祖父は、僕に話をしてくれた。

それは僕の母に関する、何とも奇怪な話だった。それは母の死と僕の生まれについての話で、その内容の奇怪さゆえに、子供心にも強い印象を残したものだった。

「……直輝、お前の見たものは、きっとお前のお母さんだ」

祖父は言った。

「お母さん……？」

「そうだ。お前のお母さんはな、体を虫にやられて死んでしまったんだ」

淡々と、祖父は語った。

「体中に虫が涌《わ》いてなあ、そのせいで死んでしまった。なぜかというとな、お前のお母さんは虫を喰《く》うたからだ」

「虫……？」

虫を喰う。その言葉の意味を僕は理解しないまま、祖父の顔を見ていた。

「虫を……食べるの？」

「ああ。虫を喰《く》うていた」

祖父は頷《うなず》いた。

「どうしてそんな事をしていたかと言うとな、少し話が長くなるが、よく聞きなさい」

苦い顔をして、祖父は言った。

「お前のお母さんはな、実は去年死んだおばあちゃんに、ひどくいじめられていたんだ。わしは知らなかったんだが、そりゃあ酷《ひど》いもんだったらしい」

「…………」

驚く僕に、祖父は顔を顰《しか》めたまま、先を続けた。

「お前の生まれる前の話でなあ。おばあちゃんは何が気に入らなかったのか知らんが、『子供ができないなら出て行け！』とか、お前のお母さんに言うていたらしい。で、おばあちゃんに何年もいじめられているうちに、お前のお母さんはいつの間にかおかしくなっていたんだな。子供ができればいじめられないと思ったんだろう。子供を授かるため、お前のお母さんは色々な事をするようになった。病院に行ったり、妙な薬を買って来たり、お祈りとかおまじないを試した。それでも、子供は授からなかった。おばあちゃんのいじめは続くし、子供も一向にできん。お前のお母さんは知らぬ間に気違いになっとった。

わしらが気づいた時には、もうお前のお母さんは虫を食べるようになっていた。それも子を孕《はら》んだ虫や、虫の卵をだ。可哀想《かわいそう》になあ、それを食べれば虫のように子供をたくさん産めると思ったんだろうな。卵を孕んで丸々太った蛾《が》を口に入れるのを見た時は、それでもぞっとしたもんだ。腹がぽんぽんに膨《ふく》らんだカマキリを、嬉《うれ》しそうに喰うのも見た事があるよ。庭に這《は》いつくばって虫を探して、むしゃむしゃと食べるんだよ。

……だがなあ、おかしくなったと気がついた時には、驚いた事にお前のお母さんのお腹《なか》には子供ができていた。虫の効き目か知らないが、お前が生まれたんだ。だが折角《せっかく》お前が生まれたのに、お前のお母さんは元に戻らなかった。実家に戻っても虫を喰い続けて、とうとう庭の中にいた寄生虫にやられて死んでしまった。……本当は葬式もお骨《こつ》も向こうでやるはずだったんだがなあ。それでもお前のお母さんを嫌っとったおばあちゃんも死んだし、お前のお父さんが望んでうちに持ってきた。きっと直輝《なおき》の見たものはお前のお母さんで、お前に会っていったんだろう。きっとこの家が嫌で、向こうの家に帰ってしまったんだろう」

「…………」

本当かどうかは、判《わか》らなかった。しかし訥々《とつとつ》と祖父の口から語られる奇怪な話に、僕はただただ呆然《ぼうぜん》と聞くしかなかった。

祖父はそこまで話すと、深い溜息《ためいき》をついた。

だが祖父の話は、まだ終わってはいなかった。

「……直輝。お前の見た事は、これから誰《だれ》にも言うてはいかんぞ」

祖父は言った。

「え？」

「お前は不憫《ふびん》な子だ。お前の生まれが、そんなものを見せるのだろう」

僕は何を言われているのか解《わか》らずに、ぽかん、として、祖父の顔を見上げた。

「お前は、あの〝黒い男〟の申し子だからだ」

「え？　なに……？」

「お前のお母さんが虫を喰《く》うようになったのはな、その〝黒い男〟に唆《そそのか》されたからだ」

「…………？」

明らかに理解していない様子の僕に構わず、祖父はただ吐き出すように、小学生である自分の孫に向かって語り続けた。

「お前のお母さんは言うていた。子を授かるには子を孕《はら》んだものを喰えばいいと、そう〝黒い男〟に教えてもらったと」

「くろい男？」

「ああ。黒い外套《がいとう》を着て、真っ白な顔をした男だそうだ。子供で悩んでいたお前のお母さんの前に現れて、心を読んだようにそれを教えて消えたそうだ」

「くろ……」

僕は、ただ〝黒い男〟という言葉だけを反芻《はんすう》する。

「そんな妙な男ならこの田舎《いなか》じゃひどく目立つ。だが、誰《だれ》も見た者などいない」

「…………」

「そんな事はあり得ん。狭い田舎だ。何もない場所だ」

「…………」

「それでも、お前のお母さんだけに、その男は見えていたらしい」

「…………」

「きっとその男は、この世のものではなかったに違いないぞ…………」

「…………」

それを最後に、祖父は〝蟲《むし》〟の事も〝黒い男〟の事も、一切語る事はしなかった。

僕もそれらの話題を避けたが、その奇怪な話はずっと、僕の心に引っかかり続けた。

そんな幼い僕の心にトラウマを植え付けた祖父も、僕が中学校に入る前に、病気で死んだ。

そして僕は祖父を焼いた火葬場の煙突から無数の枯葉色《かれはいろ》の蝶《ちょう》が飛び立ち、煙と混じった一筋の帯となって、空の彼方《かなた》に消えてゆくのを見た。

†

僕は祖父の死を機に、中学校に上がると同時に町へと引っ越す事になった。

もともと父の職場は町にあったので、祖父が死んでしまった以上、その方が都合が良かったためだった。

幼い時から住んでいた家を離れて、僕は父と二人でマンション暮らしをする事になった。今まで田舎《いなか》にいた僕にとって生活も環境も激変に近かったが、中学進学という契機もあり、僕はすぐに新しい生活へと順応していった。

学校も生活環境も変わって、僕の生活は大きく変化した。

新しい友達によって価値観も変わり、僕の心身が共に変化した時期だった。

この時期を境に、僕の全《すべ》てが変わったと言っていい。だがこれだけ変化しても、僕の目には相変わらず、あの奇怪な〝蟲《むし》〟達《たち》は、見え続けていた。

それが見えるようになったのは、僕が母の骨壺《こつつぼ》を開けたあの日からだった。

田舎の生活にとって虫は日常的なものだったが、その日を境に僕の目には、それまで見た事がないような奇妙な〝蟲〟が映るようになっていた。

それは一目で、普通の虫ではないと判《わか》るものだった。それは存在感が普通の虫とは別物で、大きなものもいれば小さなものもいて、ただみな例外なくどこか歪《いびつ》な形態をしていて、明らかに通常の昆虫を逸脱《いつだつ》していた。

なんと言えばいいのだろうか、それは虫には違いないのだが決して昆虫ではなかった。

虫を見慣れた人間なら、一目見て「こんな虫はいない」と違和感を感じるだろう。

説明はできないのだが、それらは明らかに虫ではなかった。

例えばメーカーも種類も問わずに色鉛筆を集めて、その中に一本だけ普通の鉛筆が混じっているような違和感。それでも鉛筆には違いないので、明らかに違うのに説明できない。そんな〝仲間外れ感〟ともいうべき感覚が、それらの〝蟲〟にはあったのだ。

それらの〝蟲〟は時も場所も季節も選ばず、どこにでもいた。

数はそれほどいなかったが、時には同じ種類のものが群れをなして飛んでいる事があった。またそれらは不思議な事に、みな例外なく空を飛ぶ虫の姿をしていた。そしてそれらは山中など自然の場所にはあまりおらず、家や路地など人のいる場所、そしてなぜか墓地に、数多くの姿を見るのだった。

絶対に普通の虫ではない……と思う。

思う、と断言できないのは、その〝蟲〟は僕以外の人には見えないらしいからだ。

僕は祖父の言いつけを守って、誰《だれ》にもその〝蟲〟が見える事を言わなかった。しかしそのうちに気づいたのは、どう見ても僕以外の者には、そんな奇妙な〝蟲〟が視界に入っている様子がない事だった。

例《たと》えその〝蟲〟が頭にとまっても、誰もそれに気がつかなかった。

トンボや蜂《はち》が教室に入って来るだけで、いつも大騒ぎになるのにだ。

僕はそんな皆の様子を見るうちに、〝蟲〟が人に言ってはいけないものだと、妙なところで確信した。それを恐れも混乱もなく受け入れる事ができたのは、祖父の警告のおかげだった。

祖父が実際どんな意図で言ったのかは判《わか》らないが、その警告自体は子供心に深く焼きついていた。僕はその時点で漠然《ばくぜん》とした覚悟ができていて、胸に秘めれば全《すべ》てやり過ごす事ができると、そんな正しい対処法を図らずも教えられていたのだ。

僕は誰《だれ》にも話さずに、普通の生活に戻った。

それによって僕は普通に生きる事ができたが、一つだけ困ったのは〝蟲《むし》〟に触れる感触も、僕だけが感じる事だった。

僕は田舎《いなか》生まれの割に虫を触るのが苦手で、当然〝蟲〟にも触れたくなかった。だからあの〝蟲〟が僕にとまった時には思わず追い払ってしまい、それを奇妙な目で見る友達に、慌《あわ》てて言い訳しなくてはならなかった。

見える事で大きな実害はないが、やはり鬱陶《うっとう》しいものだった。

僕は都会への引っ越しで奴等《やつら》がいなくなる事を期待したが、〝蟲〟は相変わらずに見え続けた。

僕だけに見える〝蟲〟は、都会にもいたのだ。

そしてその数は、かえって多いほどだった…………

「――ああ、あなたもあれが〝視《み》える〟んだね」

†

僕がその少女に出会ったのは、僕が町に引っ越してすぐ、中学校が始まる前の事だった。

それは春休み、これから生活する町の様子を憶《おぼ》える事も兼ねて、僕が毎日自転車を駆って、町のあちこちを走って遊んでいた時だった。

その日は、少しばかり遠出をした。

そこは僕の家から自転車で二時間近く離れていて、大きな川が流れている場所だった。

それは僕の住んでいた田舎を流れていたのと同じ川で、その下流に当たる場所だった。僕は広い川幅や、川に架かる橋を見て、同じ川でも田舎とは随分《ずいぶん》違う事を実感しながら、土手の砂利道を自転車を押して歩いていた。

僕は、川に沿って延々と歩きながら、川の様子を飽《あ》きずに眺《なが》めていた。

川の上を吹き抜ける風が、遠出で火照《ほて》った体に心地よかった。

そうして、僕が土手の景色を眺めていた時だ。僕はふと、視界の端に〝蟲〟の姿を見つけたのだ。

「…………………」

その漆黒《しっこく》の蝶《ちょう》の姿をした〝蟲《むし》〟は、ひらひらと土手の上を舞っていた。

ああ、いるな。僕はそう思いながら、ついついその〝蟲〟を眺《なが》めやった。

そうして、僕が砂利道を横切る〝蝶〟を目で追った時だ。僕は向かいから歩いて来た少女と目が合い、そのまま視線を流して、一瞬間を置いた次の瞬間それに気づいて、慌《あわ》てて少女に目を戻したのだ。

「……おまえ……！」

僕は思わず口走っていた。その少女は僕と同じように、誰《だれ》にも見えないはずの〝蟲〟を一緒に目で追っていたのだ。

散歩中らしく大きな犬を連れたその少女は、大きな瞳《ひとみ》で僕を見返してにっこりと笑った。

そして手にした紐《ひも》を引っ張って犬の歩みを止めると、僕に向かってこう言った。

「――ああ、あなたもあれが〝視《み》える〟んだね」

「…………！」

絶句する僕に、少女は屈託《くったく》なく微笑《ほほえ》みかけた。少女は年の頃《ころ》は僕と同じくらい。茶がかった髪を肩の辺りで切りそろえ、薄いコートを羽織っていた。

「……おまえも、あの〝蟲〟が見えるのか？」

「うん」

僕の問いに、少女は答えた。そして少女は、嬉《うれ》しそうに自己紹介した。

「わたしは十叶詠子《とがのよみこ》。あなたは？」

「あ、えーと……樋渡直輝《ひわたりなおき》」

思わぬ展開に、僕はたどたどしく答えた。

「樋渡君かあ………嬉しいな。あれが〝視える〟人って少ないんだよね」

少女は言った。

「こんな所で会えるとは思わなかったな。そんなに驚いてるところを見ると、あなた、今まで同じような人に会った事、ないでしょ？」

「あ……うん」

僕は戸惑い、驚いた。この少女の口振りからすると、他《ほか》にも何人か〝蟲〟の見える人がいるようだったからだ。

今まで、これは自分にしか見えないものだと思っていた。すぐには信じられなかったが、少女の言動は確実で、疑いようのないものだった。

「ほ、他にもいるのか？　あれが見える奴《やつ》が」

僕は訊《たず》ねた。すると少女はあっさりと頷《うなず》いて、悪戯《いたずら》っぽく笑った。

「いるよ。みんなあんまり人に言わないから、わかりにくいけど」

「そうなのか……」

「私もお母さんに言ったら、精神病院だっけ？　あそこに連れて行かれちゃった」

「…………」

少女は肩を竦《すく》める。確かにそうだろう。僕も祖父から受けた戒《いまし》めに従って、自分の父親にも〝蟲《むし》〟の事は話していないのだ。

「でも、そうか……」

僕は呟《つぶや》いて、溜息《ためいき》をついた。

そんな僕を見て、少女は訊《たず》ねた。

「……安心した？　他《ほか》にもいる、って判《わか》って」

「少しだけね」

僕は答える。そして、「そう。良かった」と微笑《ほほえ》む少女の表情を見ながら、僕はある事を、この少女に訊《き》いてみようと思い立っていた。

「なあ……」

僕は口を開いた。

「……え？　なに？」

「あの〝蟲〟は、一体何なんだ？」

僕は少女に、そう訊ねた。

そこに〝視《み》える〟事は間違いないのだが、僕は〝それ〟が何なのかは知らなかった。何年か見続けた事で〝蟲〟に対して思うところはあったが、それはあまりに漠然《ばくぜん》としたもので、考えと呼べるほど具体的なものではなかった。

「うーん……」

僕の問いに、少女は小首を傾《かし》げた。

「見えるものは見えるものだから、わたしはあんまり深く考えた事、ないんだよね……」

「……」

同じだ。僕もどちらかというと、〝蟲〟についてはあまり考えないようにしていた。

僕は多少がっかりしたが、少女の言葉はそこで終わりではなかった。少女はひとしきり首を捻《ひね》ると、こう言ったのだ。

「でも……わたしは考えた事ないんだけどねえ……」

「え？　なに？」

「誰《だれ》か、蝶《ちょう》について言ってた事があるよ」

少女は言った。

「友達の誰かだったかなあ……言ってた」

「……何て？」

「蝶は——死んだ人の魂《たましい》だって」

「……」

僕と少女は、そのまま土手の道で別れた。

そして二度と、その少女と出会う事はなかった。

僕は次の日に図書館に行って、百科事典などで『蝶《ちょう》』について調べた。すると昔はかなりの広範な地域で、蝶は『死者の魂《たましい》の化身』だと考えられていた事が判《わか》った。

ギリシア、ローマを始めとして、アフリカや中央アジアの一部。特にギリシアでは顕著《けんちょ》で、ギリシア語の「プシュケ」という単語は「蝶」と「魂」両方の意味を持つ語だったらしい。

またアステカでは、蝶は戦場で死んだ戦士の魂だと考えられていたそうだ。アイルランドの神話物語では、蝶、あるいは蠅《はえ》が、魂の化身した姿として描《えが》かれていた。

キリスト教絵画でも、神がアダムに吹き込む魂を、蝶の翅《はね》がある形で描かれる事があった。

かつては、蝶は死者の魂だったのだ。

僕は初めて、自分の見ていたものについて知った。

そして僕はようやく、あの不可解な〝蟲《むし》〟について、理解した。

2

「…………ねえ、直輝《なおき》？　直輝ってば！」

「────────ん？　あ……ごめん、由佳《ゆか》。何の話だっけ？」

「もぉ、また？　腹立つなー、直輝はすぐぼーっとして人の話聞かないんだもん」

「あー、悪い」

「気がついたらぼけーって遠く見てるし。何か変なものでも見えるの？」

「あー……ちょっとね。虫が……」

「……虫ぃ？　もぉー、猫じゃあるまいし」

「悪い悪い。つい、ね……」


中学二年になった頃《ころ》、僕の生活は父子生活と〝蟲〟を除いては、実に平凡なものだった。

元々〝蟲〟が見えるからといって何かあるわけでもないので、僕が誰《だれ》にも〝蟲〟の事を言わない以上、僕が普通でないものを見ているという事には誰も気がついていなかった。

僕は学校で妙な奴《やつ》だと思われる気はなかったので、祖父の戒《いまし》めは引き続き固く守った。

ただ見えてしまう〝蟲〟をつい目で追ってしまうため、先生や友達、それと付き合っている由佳には、『ぼんやりした奴』というレッテルを、不本意ながら貼《は》られてしまっていた。

由佳を始めとして周囲には、僕は相当ユルい奴に見えているらしかった。

そのせいか由佳にとって、僕は目を離すと落ち着かない男らしい。

由佳は一年の時にクラスが同じで、家も同じマンションだった。そのため何だかんだと世話を焼かれているうちに、僕と由佳《ゆか》は仲良くなったのだ。

そして一年も終わりの頃《ころ》、僕は由佳に告白した。

由佳は何だかんだと文句を言いつつも、ＯＫしてくれた。

由佳は短めの髪の、言動もはっきりした活動的な子だ。だから今も、ぼんやりと窓の向こうに目をやる僕を見て性格的に許せないのだろう、苛立《いらだ》ちと呆《あき》れの混じったような表情を、気の強そうな顔に浮かべていた。

「もぉー、こないだなんか横断歩道の真ん中でぼけーっとしてたでしょ」

本当に世話が焼けると言わんばかりに、由佳は言う。

「……そんな事あったっけ？」

「あったに決まってんでしょ！　クラクション鳴らされてたでしょうが！」

「……」

僕は首を捻《ひね》ったが、残念ながら思い出せなかった。

多分、三ヶ月は前の事だろう。由佳は細かい事をやたらとよく憶《おぼ》えている性格だった。

そんな由佳に対して、僕はどちらかと言うとそういう事には無関心だった。

僕の関心事の三分の一くらいは、僕にしか見えないものに向いていたからだ。

人より見える世界が多い分、僕は自然と考え事の多い性格になっていた。僕だけに見える奇妙な〝蟲《むし》〟に、僕はついつい興味を向けていた。

かといって僕にとって〝蟲〟とは、積極的に知ろうとするつもりはないものだ。

ただ常に頭のどこかで気になっている、そんな種類のものだった。

ただ、できるだけ人と一緒の時は、気にしないように努めていた。

しかしこんな風にファーストフードで話している時などに、つい見えてしまった〝蟲〟に目が行く事があり、そんな時には目ざとい由佳はすぐに見咎《みとが》めて、いつも昔の事を例に挙げて僕に苦情を述べ立てるのだ。

「もぉー……」

由佳は眉《まゆ》を吊《つ》り上げて、シェイクのストローを咥《くわ》えた。

その様子を見ながら、僕は蜜《みつ》を吸う蝶《ちょう》を連想した。

そしてまた、僕は窓の外へと目を戻した。というのも僕の視線の先、駅前交差点で信号待ちする歩行者の中に、一匹の〝蝶〟を肩にとまらせた、スーツ姿の男性がいたのだ。

ファーストフードの二階から、僕はその三十代くらいの男性を、じっと見下ろしていた。

そのグレイのスーツにとまる鮮やかな赤い〝蝶〟を見て、僕は気が気ではなかった。

そんな僕に気づいて、由佳が再び不機嫌そうに口を開きかけた時だ。

「——あ……！」

僕は思わず声を上げ、由佳が「え？」と僕の見る先に目をやったその瞬間、信号が変わって横断歩道を渡り始めたスーツの男性を、一台のトラックがあっという間に跳《は》ね飛ばしたのだ。

「！」


重い音を立てて男性は吹き飛び、道路に転がった。

それを見た由佳《ゆか》が、悲鳴を上げた。

そして事故に気づいた他《ほか》の客も悲鳴を上げ、店内は騒然となった。窓に集まって来る野次馬《やじうま》達《たち》に揉《も》まれながら、僕は窓に張り付いて、その事故の光景を、呆然《ぼうぜん》となって見つめていた。

多くの人がその事故を目撃したが、僕が見ていたものは周りの皆とは違っていた。

僕が見たのは、こんな光景だったのだ。

僕が声を上げた時、フロントガラスがびっしり赤い〝蝶《ちょう》〟に覆《おお》われたトラックが飛び出してその男性を跳《は》ねた。そして男性を跳ね飛ばした瞬間、無数の〝蝶〟はまるで役目を終えたかのように、その場所から一斉《いっせい》に飛び立ち、散り散りに飛び去ったのだ。

舞い飛ぶ〝蝶〟によって、現場は瞬《また》く間に鮮やかな赤に覆い尽くされた。

そのまま〝蝶〟はてんでに飛び去り、赤い色彩は数秒のうちに、現場から消えて失《う》せた。

後には一匹の〝蝶〟も残らなかった。僕はその異様な光景を見て、「ああ……」と心の中で、小さく嘆息した。

まさか、目の前で起こるとは思わなかった。

しかし、僕はこの結果をいつか起こると予想していた。

僕は今までの経験から、赤い〝蟲《むし》〟を連れた人が数年以内に死んでしまう事を知っていた。

赤い〝蟲〟は死の先触れであり、事故死、病死、原因不明の急死など、原因は実に様々だが、その人は必ず近いうちに死ぬのである。

異形《いぎょう》の〝蟲〟の形は、死んだ人間の〝魂《たましい》〟の形なのだ。

赤い〝蟲〟は憎悪《ぞうお》か怒りか、そんな感情を持って死んだ人の魂なのだろう。

恨《うら》みを持って死んだ人の魂は赤い〝蟲〟となって、憎む相手を探して散る。やがて憎む相手の元に群れ集まって、誰《だれ》も気づかぬうちに、死を呼ぶ。

そしてその現場には必ずたくさんの赤い〝蝶〟が群れ、その人の死と共にいなくなるのだ。

道路に倒れて動かない、スーツの男性に起こったのと同じように。

交差点は騒ぎになり、誰かが倒れた男性に駆け寄っていた。

しかし僕は、男性がもう死んでいる事が、判《わか》っていた。

「――直輝《なおき》……あの人、大丈夫かな……」

由佳が微《かす》かに震えた声で、僕に訊《き》いた。

「どうだろ」

僕はその答えを知りながら、答えをはぐらかした。

まさか「赤い〝蝶〟がいなくなったから生きてるわけがない」など、そんな答えを言うわけにはいかない。それに僕は今、この現場からは、どうしても目が離せない。

車道にあお向けに倒れ、頭から血を流している男性。

首と腕が、それぞれ妙な方向に向いている。

彼が死んでいるならば、〝あれ〟が起こるはずだった。僕は動かない男性を凝視《ぎょうし》してそれを待ち、やがてその現象は、僕の期待通りに、そこで起こった。

死んだ男の半開きの口が、もぞもぞと小さく動いた。

「…………………………」

僕が見守る中、男の唇《くちびる》は徐々に開かれて、やがて口から大きな〝羽虫〟が、羽化《うか》するように這《は》い出してきた。

その羽虫は背中から姿を現し、やがて反り返るように頭と脚を出した。羽虫は細く長い脚をわらわらと唇に這わせ、唾液《だえき》の糸を引いて胴を口から引き出し、大人《おとな》の手の平ほどもある翅《はね》を広げて、衆人環視の中で、ぱっ、と空へと飛び立った。

そのカトンボのような〝蟲《むし》〟は、すう、と周辺に溜《た》まる野次馬《やじうま》の頭を越えて、空に消えた。

しかしその異常な光景に、誰《だれ》一人として目を向ける者はなかった。

僕にしか見えない〝蟲〟は、次々と男性の口から羽化し、飛び立っていった。それは駅前の交番から警官が現れ、やがて来た救急車に男性が運ばれていき、店内や歩道の野次馬が消えるまで、延々と続いていた。

「…………」

僕は、静かにその光景を見守っていた。

予想はしていたが、僕はこの光景を初めて見た。

死んだ人間の魂《たましい》が〝蟲〟ならば、死んだ人間からは〝蟲〟が出るはず。それは予想していたのだが、この目で見るとやはり衝撃《しょうげき》だった。

僕は虫に触るのは、苦手なのだ。

僕は自分の口から這い出す〝蟲〟の感触を想像して、胸が悪くなった。

「……直輝《なおき》……帰ろ。顔色悪いよ」

人の事は言えないほど顔色の悪い由佳《ゆか》が、僕に言った。

「やなもの見ちゃったね……」

「うん……」

僕は由佳の言葉に頷《うなず》いたが、顔色が悪い理由も、見てしまった嫌なものも、僕と由佳とでは全く、違うものだった。

†

中学二年も終わりに差しかかった頃《ころ》、僕は肺炎をこじらせて入院した。

原因は些細《ささい》な事だった。風邪《かぜ》気味で学校に行って、帰る頃《ころ》には降り出していた土砂降りの雨の中を、自転車で家まで帰ったのだ。

その結果、翌日に僕は生死の境を彷徨《さまよ》う事になった。

四十度近い熱を出して病院に担《かつ》ぎ込まれ、呼吸器と点滴に繋《つな》がれて、高すぎる体温に汗すら出ない状況の中、僕は朦朧《もうろう》とした意識で悪寒《おかん》と関節の痛みに震えたのだ。

僕は病室で、地獄の苦しみを味わった。

毛布に包まれ、お湯の入ったパックで温めてもなお、体は激しい寒さを訴えていた。

体の芯《しん》が、だるい重さに満たされていた。しかし皮膚《ひふ》の内側は痛みと冷たさが入り混じったような感覚が、まるで狂ったかのように、めちゃくちゃに走り回っていた。

いつまで経《た》っても熱は下がらず、痰《たん》に血が混じるほどの咳《せき》も止《とま》らなかった。

徐々に呼吸困難はひどくなり、気管には常に粘液が絡《から》んだ。

その中で行う呼吸が、呼吸器と共に辛《かろ》うじて命を繋《つな》いだ。しかしその微《かす》かな呼吸もしばしば咳に押し潰《つぶ》され、酸欠で耳鳴りがし、激しい頭痛が止らなかった。

「うーっ……」

全身の痛みを紛らわせるため、僕は呻《うめ》いた。

後頭部を内側から殴《なぐ》られるような頭痛の中、霧散《むさん》しそうになる思考がぐるぐると回った。

目を閉じると、部屋が回るような感覚が襲った。震えが止らず、体も思うように動かせず、自分の体が自分のものではない物体になった気が、半ば本気でした。

「うーっ………」

僕は痛みと悪寒の中で、死を覚悟した。

いや、いっそ殺してくれとまで、本当に思った。

こんなに不快で苦しいのなら、死んだ方が楽かも知れないと思った。ひゅうひゅうと鳴る息をしながら、この呼吸はいつ止まってもおかしくないと思った。

体の中を破壊されているような痛みに、狂いそうになった。

いや、本当に狂った方が楽かも知れないと、そう思った。

意識が痛みと耳鳴りの中に、消えそうになった。

僕は何もかもが………嫌になった。


その時だった。


ごろり、と腹の中で、何かが動いた。

「……！」

それは皮膚の下を這《は》いまわる悪寒とも、骨の痛みとも違うものだった。

それは内腑《ないふ》の中で明らかに質量のあるものが動く、あまりにも異様な感触だった。

それは最初、腸が動いたのかと思った。

最初、それはよく似た感触だったのだが、違っていた。

腹の中のその感触には、無数の脚があったのだ。そしてざらざらとした丸い物体が、硬質で柔らかい感触で、僕の内臓を押し分けていたのだ。


――〝蟲《むし》〟だ――！


気づいた瞬間、今までの悪寒《おかん》とは別の怖気《おぞけ》が全身の皮膚《ひふ》を駆け上がった。

僕の体内を豆粒大の〝蟲〟が、ざわざわと這《は》い回っていた。

手足の皮膚の下を、腹の内側を、細い無数の脚が蠢《うごめ》いて触れた。鉤爪《かぎづめ》のついた昆虫の脚が、僕の内臓の中を這い上がっていた。

「うあ…………！」

猛烈《もうれつ》な吐き気が、胸からせり上がって来た。

それは徐々にその数を増やしながら、皮膚の下を腕から腹から這い登ってきた。首から下の体内全《すべ》てを、昆虫が這い回るおぞましい感触が埋め尽くした。それは蟻《あり》が餌《えさ》に群がるように、腹腔《ふっこう》と胸を蹂躙《じゅうりん》し、喉《のど》を目指して這い上がってきた。

僕はあの日に見た、事故死した男の口から這い出す〝蟲〟の姿を思い出した。

粘つく唾液《だえき》の糸を引きながら、昆虫が喉の奥から這い出す光景だ。

僕は今、確実に死にかかっていたのだ。

そして僕の魂《たましい》が〝蟲〟に変じて、僕の口から這いずり出ようとしているのだ。

——嫌だ！

そのおぞましい光景と感触が、僕の頭を埋め尽くした。

あんなものを意識のあるまま体験するなど、想像するだに恐ろしかった。

体内から喉にせりあがって来る無数の〝蟲〟の感触を押さえ込みながら、僕は死ぬ事を心の底から恐怖した。吐き気を堪《こら》えながら、わらわらと喉の中を這う昆虫の足の感触に、僕は消え去りそうな意識を繫《つな》ぎとめ、必死になって耐えていた。

体は冷たくなり、少しも動かなかった。

肋骨《ろっこつ》の内に、外へ這い出そうとする無数の昆虫が満ち満ちた。

肺の中を、心臓の表面を、肋骨の内側を、〝蟲〟が群れて這い回った。内臓にびっしり昆虫がたかり、ざわざわざわざわと蠢いた。

それは巣の中にぎっしりと密集した、蜂《はち》の群れを思わせた。

それがあらゆる皮膚の下をくまなく、また内臓という内臓をびっしり覆《おお》って蠢いている。

そして僕の口から一斉《いっせい》に這い出そうと、喉へ喉へと押し寄せているのだ。それを僕は堪え、そのため喉の奥に昆虫が溜《た》まり、蠢く〝蟲〟の塊《かたまり》が、おぞましく集積している。

――やめてくれ！

――僕は心の中で叫んだ。だがそのたびに僕の体内で、〝蟲《むし》〟の群れが動きを増した。途切れそうになる意識を、僕は必死でかき集めた。しかしそれは体の中の感触ばかりが明晰《めいせき》な、悪夢的な意識だった。

だがそれを失えば、口から一斉《いっせい》に〝蟲〟が這《は》い出す。

僕の口の中を覆《おお》い、僕の顔にびっしりと集《つど》って、雲霞《うんか》のように飛び立つ。

僕は、必死で心の中で叫んだ。しかし答えるのは、体の中を這い回る、無数の〝蟲〟の感触ばかりだった。

――やめてくれ！

ざわざわざわ

――死にたくない！　助けて！

ざわざわざわざわ

――助けて！　たすけて！

ざわざわざわざわざわ

――たすけ……

…………

……………………………………………………

………悪夢の一夜を耐えた僕は、そのまま病状が快方に向かった。

あの時病状の峠《とうげ》を越えた僕は、その後みるみる回復して、数日の後には退院し、普段の生活に戻る事が許された。

僕は、助かった。

†

一時は危険な病状だった僕だが、結局〝蟲〟への恐怖から、この命を辛《かろ》うじて拾った。

あのとき僕の中では、恐怖に由来する精神力が、〝蟲〟が外へ出る事を拒んでいた。そして
それは結果として、僕が〝死〟を拒んだのと、同じ事になったのだ。

こうして僕は、死なずに済んだ。

僕は退院し、元の日常へ戻った。

しかし、あの病院での経験は、僕に今まで通りの日常を送る事を許さなかった。

僕は生きた僕の中に、無数の〝蟲〟達が蠢いている事に気がついてしまったのだ。

それはよく考えてみれば、当たり前の事だった。死んだ人間から〝蟲〟が出てゆくのなら、生きた人間の中には〝蟲〟がうじゃうじゃと棲《す》んでいるだろう事は、少し考えれば容易に想像できる事だ。

それは当たり前に、おぞましい事だ。

それでも僕は、今までそんな事を考えもしなかった。

僕は今まで、死者と生者を自然に切り離して考えていたのだ。あまりにも自然に、これほど歪《ゆが》んだ思い込みを疑いもしていなかった。

もしかすると、それは僕自身が無意識に考えないようにしていたのかも知れない。触るのも嫌な〝蟲《むし》〟が体内に巣食っているなど、僕には耐えられない発想だったからだ。

しかし、僕はとうとう気がついてしまった。

そしてやはり、僕はそれに、耐えられなかった。

それからというもの、僕は常に体調の不良を感じるようになった。

それは医者には心因性のものだと言われたが…………確かにそれは僕が感じている、体内の〝蟲〟への嫌悪《けんお》感《かん》に他《ほか》ならなかった。


「────直輝《なおき》、最近どうしちゃったの？」

一日に一度は、由佳《ゆか》が僕にそんな事を言うようになったのはいつの頃《ころ》だろうか。

「別に……何でもないよ」

「ほんとに？」

そんな答えを返す僕は、その頃には鬱々《うつうつ》とした様子が隠せないまでに、状況が悪い方向へと進行していた。

僕は三年になり、もうすでに高校受験は始まっていた。

周囲には受験勉強の緊張が広がっていたが、対する僕は、かなりの鬱状態になっていた。

あれから僕は、徐々に自分の中の〝蟲〟の存在を自覚し始めていた。

僕はそれまでは感じる事のなかった〝蟲〟が、常に自分の中にいる事を、少しずつだが感じられるようになっていた。

僕の中には、常にあの〝蟲〟がいた。いや、もしかすると、僕自身が〝蟲〟で出来ているのかも知れない。

僕の母親は卵を孕《はら》んだ虫を喰《く》って、僕を産んだ。

そんな僕が〝蟲〟で出来ていたとしても、一体何の不思議があるだろう。

僕の体の中には、いつもおぞましい〝蟲〟がいる。それは僕が油断すると、見計らったように目覚め、僕の体の中で動き出す。

皮膚《ひふ》の下を這《は》いまわり、内臓の隙間《すきま》を歩き回る。

その脚の感触が、僕の体内で動き回る。

また僕の中の〝蟲〟は、僕が感情的になったり、驚いた時にも活性化した。僕の感情が動くと、〝蟲〟もまた活動を始めるのだ。

やはりあの〝蟲《むし》〟は、魂《たましい》なのだろう。

だがそんな事を思っても、もちろん何の慰《なぐさ》めにもならなかった。

僕は自分の感情をも恐れるようになり、感情を動かさないよう、ますます鬱《うつ》へ沈んだ。受験のおかげで目立つ事はなかったが、僕は徐々に部屋に籠《こも》りがちの生活を送るようになった。

体内の〝蟲〟と生きてゆくのは、吐き気がするほど不快な日々だった。

時折動き出す〝蟲〟の感触に耐えながら、僕は毎日を過ごしていた。

本気で自殺を考える事もあったが、そのたびに思い出して断念した。あの事故死した男の口から次々と〝蟲〟が飛び立つ光景をだ。

虫の卵から生まれた自分は、きっとあんなものでは済まないだろう。

内臓が全《すべ》て〝蟲〟に変わり、口からぞろぞろと這《は》い出すに違いない。

その光景を想像するだに、身震いがした。今や僕は、そこらを飛んでいる虫を見るのも嫌になっていた。


……そんな生活をしていた、ある日の事だった。

それは僕が、予備校の帰りに電車に乗っていた時の事だった。

もう夜も遅い時間、僕はそれなりに混《こ》んだ車内で吊《つ》り革につかまっていた。僕の目の前には座席にサラリーマン風の男が座り、背後の窓に後頭部をつけ、口を開けて眠っていた。

僕は男の頭の背後に流れる、黒い風景を見ていた。

窓のガラスには光が反射して、僕の顔が映っていた。

その光景を、疲れた頭でぼんやりと見ていた時だ。僕の前に開けられた男の口の中に、何か微《かす》かに動いているものが、見えた気がしたのだ。

それは男の喉《のど》の奥で、もぞもぞと動いていた。

「…………？」

僕は、その時油断していたのだと思う。

不思議に思って目を向けた瞬間、僕は〝それ〟と目が合った。それは濃い藍色《あいいろ》をした昆虫の複眼で、同じ色をした甲虫が、男の喉の奥から、昆虫特有の不気味な動きで、這い出してきたところだったのだ。

甲虫の長い触覚が蠢《うごめ》き、男の口からはみ出した。

「うわ……！」

僕は、思わず悲鳴を上げていた。

その声に驚いて、周囲にいる乗客が一斉《いっせい》に僕を見た。その瞬間、僕が見たのは恐ろしい光景だった。

驚いた顔の乗客全ての口から、〝蟲〟が顔を覗かせていた。

いや、それは正確には、口だけではなかった。

鼻腔《びこう》、眼窩《がんか》など、顔に開いたあらゆる穴から、それらは顔を出していた。僕を見てぽかん、と開いた口から、目から、鼻から――――脚が、触角が、複眼が、まるで僕を観察するために出てきたように、顔を覗《のぞ》かせていたのだ。

「…………………………!」

それは悪夢にも似た凄《すさ》まじい光景だった。

それらの〝蟲《むし》〟は一瞬の後にはそれぞれの中に引っ込み、姿を消した。

目の前で寝ていた男も目を覚まし、甲虫も口の中に消えた。しかし見てしまったあの一瞬の光景は、記憶に焼きついて消えなかった。

僕の顔は、完全に恐怖に引き攣《つ》っていた。

周囲の乗客の目が、訝《いぶか》しげだった。

しかし僕を見つめているその顔の中に、無数の〝蟲〟が詰まっている事は明白だった。僕は思わず周囲を見回しながら、出口を求めて後ずさった。

とん、と背中が、後ろにいた誰《だれ》かに触れた。

ぞろり、と服越しに、皮膚《ひふ》の下で〝蟲〟が動いた。

「うわあ――――――っ!」

その感触に大きな悲鳴を上げた瞬間、電車が駅に停車した。

僕は悲鳴を上げながら乗客を押しのけ、出口のドアに張り付き、ドアが開くと同時に転がり出て、家へと逃げ帰った。

…………………………

……そうして、僕は今に至る。

3

僕はあれから一週間、家から一歩も外に出ていなかった。

外には、視界を埋め尽くすほどの〝蟲〟が溢《あふ》れている。僕はだんだんと、〝蟲〟を見たり、触ったりする能力が強くなっていた。

もう、〝蟲〟は見たくなかった。

だから僕は、家に引きこもった。

自分の中にいる〝蟲〟だけで、もう限界だった。人は〝蟲〟がぎっしり詰まった袋なので、人にもなるべく会いたくなかった。

少し感情が動けば、顔の穴から〝蟲〟が顔を出すのが見える。

そしてとうとう〝蟲〟が皮膚の下を這《は》う様子が見えるようになって、三日で父と食事をするのもやめた。会話中にも顔の皮膚《ひふ》が盛り上がり、下で〝蟲《むし》〟が動く様子が見える。この吐き気を催《もよお》す光景を前にしては、とても食事どころではない。

「…………」

そんな僕に、父は何も言わなかった。

突然引きこもった僕に対して、温厚な父は怒りもせず、理由を尋《たず》ねただけだった。

僕は答えず、父もそれきり追及しなかった。ただ一言だけ、父はこう言った。

「父さんはお前を心配してる。これだけは憶《おぼ》えておいてくれ」

「…………」

僕はその言葉にうなだれたが、それでも〝蟲〟の事は話さなかった。

一切〝蟲〟について語らないという戒《いまし》めは、僕の血肉にまで染《し》み付いていたのだ。とにかく父は受験ノイローゼだと考えたようで、一度だけ僕に精神科のカウンセリングを勧めて、僕はそれを拒否した。

『――精神病院だっけ？　あそこに連れていかれちゃった』

いつか会ったあの少女の言葉が、僕の頭をよぎった。

確かにそうだろう。今の僕の様子は、精神病院がいかにも似つかわしい場所だ。

だがこの〝蟲〟が精神病院ではどうにもできない事を、僕は理解していた。今も僕の皮膚の下には、確かに〝蟲〟が這《は》い回っているのだ。

僕の腕の中を〝蟲〟が徘徊《はいかい》し、そこの皮膚が盛り上がっている。

幻覚、そう言う人もいるだろうが、それは〝見えない〟人間が憶測で言う事だ。

皆が自分の中に満ちている魂《たましい》が、どんなカタチをしているか知らないだけなのだ。皆が本当のカタチを、知らないだけなのだ。


「…………」


耐えるしかなかった。

僕は自分の部屋に座り込んで、ヘッドホンで音楽を聞いていた。

部屋のカーテンは、外が見えないようぴったり締め切っている。それだけでも、ずいぶんとマシになる。

CDをかけっ放しにして、僕はひたすらマンガを読んでいる。

マンガの登場人物は、中の〝蟲〟が見えないから安心して読める。

ゲームは駄目《だめ》だ。興奮する。

興奮すれば、僕の中の〝蟲〟が動き出してしまう。


「…………」


無為《むい》な時間だけが、僕に〝蟲〟の事を忘れさせてくれた。

そしてふと気がつくと、カーテン越しに見える光が随分《ずいぶん》弱くなっていた。

いつの間にか、また夜が近づいていた。

そうやって延々と時間を過ごしていると、この先自分はどうなってしまうのかと不安が胸をよぎり、その不安に反応して、胸の〝蟲《むし》〟がざわざわと蠢《うごめ》いた。

「…………………」

僕はその考えを締め出し、何度も読んだマンガに目を落とす。

考えては、駄目《だめ》だ。

僕は外の世界を締め出して、無為《むい》で平坦《へいたん》な世界に戻る。何も考えないように、先のわかっているストーリーに、深く、深く、没入する………


「―――――直輝《なおき》?」


その声は音楽を鳴らすヘッドホン越しに、突然に聞こえた。

「!」

僕は一瞬で現実に引き戻され、慌《あわ》てて声のした方向を振り向いた。

そこには僕の部屋のドアを開け、由佳《ゆか》が立っていた。外の世界を締め出していた僕は、由佳が入ってきた事に、全く気づかなかったのだ。

「……由佳……」

僕はヘッドホンを外す。想像もしていなかった人間の侵入に、声が掠《かす》れていた。

　由佳は散乱するマンガの中に座り込む僕を、悲しそうな表情をして見下ろしていた。思わず立ち上がって、僕は呟《つぶや》いていた。

「……由佳、どうやって中に………」

「直輝のおじさんから……鍵《かぎ》、預かったの……」

　その答えを聞いて、僕は全《すべ》て理解した。

　父は由佳に、僕の説得を頼んだのだ。よりによって僕が今、一番会いたくない相手にだ。

「あ……」

　僕を見た途端にだろう。由佳はすでに涙目になっていた。

　入院した時もそうだった。そんな由佳に僕はうろたえた。

「急にどうしたの？　心配したんだよ？」

　半ば叫ぶように、由佳は言った。その真っ直《す》ぐ僕へと向けられた目を見て、僕は悲鳴を上げたい気持ちになった。

　由佳の涙の溜《た》まった右目。

　その眼球と瞼《まぶた》の間から、昆虫の脚が這い出していた。

　右目の鼻筋近く、下瞼の裏から、それは生えていた。眼窩《がんか》の中から瞼と眼球の間を広げて、そのオレンジ色をした細い脚は無数に這《は》い出し、粘質の涙に濡《ぬ》れて宙を摑《つか》むように蠢き、花のようにわらわらと広がった。

それは蛹《さなぎ》の中から這《は》い出す、昆虫の脚そのものだった。

しかし目を押し広げて這い出すそれは、異様に長く、また不気味だった。

その脚は、瞼《まぶた》が捲《めく》れるかと思うほど、由佳《ゆか》の瞼と眼球の隙間《すきま》を広げた。そして赤い肉が覗《のぞ》く眼窩《がんか》の奥には、脚と同じ色をした、毛に覆《おお》われた虫の頭が見えた。

「…………」

あまりにもおぞましい光景に凍りつく僕の前で、眼球にへばりつくようにして存在しているその〝蟲《むし》〟は身じろぎした。

そして見る間に瞼に脚をかけて、ずるり、ずるりとその胴体を押し出していった。

黒い複眼と、目が合った。そしてとうとう触角が突き出し、脚は眼球を、顔を掴《つか》んで、由佳は眼球と瞼を内から押しのけられながら、オレンジ色の大きな〝蝶《ちょう》〟に右目を覆《おお》われた。

「…………………!」

僕は、表情が引き攣《つ》るのを感じた。

この異様な〝蝶〟と、そしてこんな状態でも全く気づかない由佳の様子があまりにも歪《いびつ》で、凄《すさ》まじい生理的嫌悪《けんお》が僕の皮膚《ひふ》を粟立《あわだ》てていた。

「心配したんだから……！」

由佳の目から、つう、と涙が流れた。しかし、僕は蠢《うごめ》く〝蝶〟が立てる湿った音に、吐き気すら感じていた。

「……う…………」

僕は逃げ場のない部屋を、後じさった。

床の本に足を取られ、よろめき、それでも由佳から離れようとして、転がるように部屋の隅へと逃げた。

だから、僕は由佳には会いたくなかったのだ。頭では判《わか》っていたが、この光景だけはできる事なら見たくはなかった。

由佳が〝蟲袋《むしぶくろ》〟だなどと、思いたくはなかった。しかし感情の振幅《しんぷく》が激しい由佳に会えば、こうなる事は判っていた。

由佳の中で、爆発しそうな感情が渦巻いているのが判った。

服から露出している顔の、腕の、足の皮膚が、沸騰《ふっとう》しているかのように、不気味に蠢いた。

「直輝《なおき》、なんで逃げるの……？」

逃げる僕に、由佳はショックを受けたようだった。そして言葉と同時に、輪郭《りんかく》が醜《みにく》く歪《ゆが》んだ。激しく動く感情に、皮膚の下の〝蟲〟が活発に動いているのだ。今まさに右目から孵《かえ》らんとしている〝蝶〟も、激しく脚と触角を動かして、もがいている。

「直輝……」

由佳は感情が高ぶり涙を流していたが、泣きたいのはこっちだった。

その恐怖と絶望に、僕の皮膚の下で、〝蟲〟が走り回っていた。

「……頼む……帰ってくれ！」

僕は自分の腕を押さえて、叫んだ。

「！　なんで……」

「頼むから！　お願いだから、僕にその顔を見せないでくれ！」

僕は壁に背中を押しつけ、内側から脈動する自分の体を抱《だ》きしめて、子供のように、由佳《ゆか》に向かってわめき散らす。

「な……」

「帰れよお！　お願いだから！」

由佳と自分、二つの〝蟲《むし》〟への恐怖から、僕は半狂乱になって叫んだ。

「出て行け！　早く！」

「……な、何よっ！　心配……ほんとに心配して来たのに！」

由佳が、震える声で叫んだ。

「いきなり何よ！　何があったの？」

「うるさい！」

「受験？　友達関係？　説明しなさいよ！　そうじゃないと解《わか》らないでしょ！」

「……う、うるさいっ！」

目の前の〝蟲袋《むしぶくろ》〟は、引くどころか僕に近づいてくる。

「いいから説明しなさいよ！」

「来るな！」

「いや！　説明するまで帰らないからね！」

「説明してもわからないよ！」

「ふざけないで！　なに甘えてんのよ！」

「帰れよ！」

「みんな心配してるのに！」

「頼んでないよ！」

「……っ！」

僕が言った瞬間由佳は激昂《げっこう》し、激しく僕に詰め寄って、強く左腕を摑《つか》んだ。


「！」


瞬間、凄《すさ》まじくおぞましい感触が、摑まれた二の腕に伝わってきた。

それは異様に温かい、虫の柔らかさだった。

それは指の柔らかい皮膚《ひふ》の下に、別の柔らかいものが詰まっている感触だった。指の皮の下に芋虫《いもむし》がいて、それがぶちゅりと潰《つぶ》れてしまいそうなほどの力で押し付けられて、そのあまりにもおぞましい〝蟲《むし》〟の肌触りに、僕の皮膚《ひふ》には一斉《いっせい》に鳥肌が立った。

その感触は掌《てのひら》の皮の下に、柔らかい蟲の胴体がぎっしり詰まっているものだった。

ぼこぼこと凹凸《おうとつ》のある異様な感触の皮膚が、僕を摑《つか》んでいた。

そして圧力のかかった皮膚の下の蟲が、一斉に身じろぎした。ぶよぶよの芋虫《いもむし》の群れが由佳《ゆか》の激しい感情をそのまま伝えるように、うじゃうじゃと不気味に、皮膚越しに蠢《うごめ》いた。


〝蟲袋《むしぶくろ》〟


「――うわあああああああああああああっ！」

総毛立った僕は無我夢中で、そのおぞましい〝手〟を振りほどこうとした。

しかし僕を摑む力は思いのほか強く、いくら暴れても離れなかった。僕を押さえつけようと〝袋〟の中の〝蟲〟が集まり、その腕は二倍にも三倍にも膨《ふく》れ上がった。原形を留《とど》めぬまでに変形した腕が、中で凄《すさ》まじい数の〝蟲〟を蠢かせながらみるみるその力を強めていった。

暴れる僕の右腕も、手首を摑まれ押さえられた。

すでに〝袋〟は人間の形から大きく逸脱《いつだつ》し、なおも変形を続けていた。

表面に〝蟲〟の形をいくつも浮き上がらせながら、かつては人型だった〝袋〟が僕を部屋の隅に押さえつけた。摑まれた部分からは中で活発に動いている無数の〝蟲〟の感触が、なおも僕の生理的嫌悪《けんお》を、ぶよぶよと苛《さいな》み続けていた。

びちびちびちびち……

中で〝蟲〟が動く音を立てながら、〝蟲袋〟は僕を見据《みす》えた。

学校の制服を着た〝蟲袋〟が、僕を押さえつけながら眼球の穴で僕を睨《にら》んでいた。

その片方は、すでに〝蝶《ちょう》〟の棲処《すみか》になっていた。オレンジ色の〝蝶〟の複眼が、眼球と共に僕を睨んだ。

そして〝蟲袋〟は、僕の名を呼ぶ。

「……直輝《なおき》…………直輝っ！」

元は口であった空洞を動かし、何度も僕の名を呼ぶ。

そして僕はその時、それを見てしまった。開いた空洞の中でぎっしりとオレンジの〝蝶〟がひしめき、その凄まじい数の黒い複眼が、びっしりとこちらを見ていたのだ。

「――――――――――！」

言葉にならない悲鳴が、口から迸《ほとばし》った。

僕は必死で暴れ、掴まれた右手を振りほどいた。

そして手近にあった電気スタンドを夢中で掴み、思い切り〝蟲袋〟へ振り下ろした。がん、と電化製品を殴《なぐ》る重い音が響き、柔らかい〝袋〟は意外に硬い手応《てごた》えを伝えて、電気スタンドはそのまま壊れ、電球の破片を撒《ま》き散らした。

「…………！」

僕を摑《つか》んでいた手が離れ、〝蟲袋《むしぶくろ》〟は横倒しに床に倒れた。

それきり部屋は一瞬で静かになり、肩で息をする僕の呼吸だけが、ぜいぜいと耳に響いた。

ただでさえ散らかっていた部屋は、本や棚から落ちた小物、電球の破片などでめちゃめちゃになっていた。

そして由佳《ゆか》が、倒れていた。

「────────え？」

呆《ほう》けた。

何が起こったのか、一瞬理解できなかった。

僕はしばし呆然《ぼうぜん》として────やがて全《すべ》ての記憶が繫《つな》がった。その途端に僕の目から、涙がひとすじ、頰《ほお》を伝った。

「………由佳？」

僕はその場に座り込み、倒れた由佳の体を抱《かか》え起こした。

由佳は、息をしていなかった。

左の頭から、少しだけ血が出ていた。僕が、〝袋〟を殴《なぐ》りつけた痕《あと》だ。

僕が、殺した。

涙が、止まらなくなった。

「由佳……由佳……」

泣きながら、由佳に覆《おお》い被《かぶ》さった。涙でぼやけた由佳の姿に、あの〝蟲袋〟の面影は、全くなかった。

ごめん。許して。こんなつもりじゃなかったんだ。

ただ由佳のあんな姿を、見たくなかっただけなんだ。

「ごめん、ごめんな……」

僕は何度も、動かない由佳に謝った。由佳の体温は少しずつ抜けていき、それと共に僕の胸に冷たい絶望が広がり、僕は由佳を抱《だ》きかかえたまま、ただひたすらに謝り続けた。

ずっと、ずっと、僕は由佳を抱えていた。

ずっと一緒にいる事しか、謝り続ける事しか、僕にできる事はなかった。

みっしりと僕の中に満ちた〝蟲〟が、悲しみにざわめいていた。ただ空虚な時間が、数分か数時間か、時間感覚もない中で、過ぎていった。

ただ、僕は由佳と一緒にいた。

そうしたかった。そうするしかなかった。

だが、それも長くは続かなかった。僕が見守る中、由佳の唇《くちびる》が、微《かす》かにぴくりと、動いたのだった。

「…………！」

僕は、戦慄《せんりつ》した。

もちろん、由佳《ゆか》が生き返ったわけではなかった。

見る間に由佳の唇《くちびる》は内側から押し開かれ、まるで舌のように、そのオレンジ色の物体は這《は》い出してきた。それは細く長い脚を唇にかけ、毛に覆《おお》われた胴体を口の中から引き出して、折り畳《たた》まれていた翅《はね》を、大きく由佳の顔の上で広げた。

それは初めて見る、あのオレンジの〝蝶《ちょう》〟の全容だった。

その忌《い》まわしくも美しいオレンジ色の〝蝶〟は、僕が呆然《ぼうぜん》とする中、ふわ、と翅を動かして宙に舞った。

部屋の蛍光灯の明かりの中を、その〝蝶〟は一度円を描《えが》くように飛んだ。

そして開けっ放しだった部屋のドアから、すう、と廊下へ、飛び出して行った。

「あ……」

僕は、慌《あわ》てた。

あれは、由佳の『魂《たましい》』なのだ。

しかし由佳の『体』を抱《かか》えて戸惑っているうちに、由佳の口からは次々とオレンジの〝蝶〟が這い出していた。そして〝蝶〟は次々と翅を広げて飛び立ち、最初の〝蝶〟の後を追って、廊下に列をなして、飛び出していった。

「あ、あ……」

由佳の『魂』は飛び立ち、最早《もはや》一緒にいる事もできなくなった。〃蝶〃が涌《わ》き続ける由佳の体を床に横たえ、僕は〃蝶〃の列を追って部屋を出た。〃蝶〃の列は廊下を飛び、開け放しになっていた玄関のドアから、外へ、空へ、飛び出していた。

外は、夜になっていた。

月のある夜空の中、オレンジの〃蝶〃は美しく映えて、ひとすじの帯となって飛んでいた。

それは渡り鳥の群れのように、散り、また整然と群れを纏《まと》めて、空の彼方《かなた》へ向かっていた。

そして夜の闇《やみ》の彼方に、見えなくなっていった。

「由佳……」

僕は玄関の外に立ち竦《すく》み、その光景を見ていた。

だが、僕はやがて「はっ」と正気に返り、慌ててマンションのエレベーターに向かった。

そしてマンションの外に出ると、僕は今も帯を引いて飛んでゆくオレンジの〃蝶〃を追って走り出した。〃蝶〃の――――由佳の『魂』の行く先を探して、僕はただ空を見上げて、夜の町を駆けた。

「由佳……由佳っ……！」

僕は走った。

道を駆け、車道を横切り、僕はひたすらに町を走った。道行く人が、空を見上げて走る僕を不思議そうな顔で見た。汗に塗《まみ》れ、息が上がり、体から湯気が上がる頃《ころ》になると、周囲が僕を見る目は異様なものを見る目になっていった。

しかし、やがて夜が更《ふ》け、道行く人も絶えた。僕はそれでもオレンジの軌跡を追って、前へ前へと進み続けた。僕は激しく疲労し、足取りは歩くのと変わらなくなっていた。それでも僕は、決して止《とま》るわけにはいかないのだ。

肺が酷使《こくし》に耐えかね、ひゅうひゅうと音を立てた。足の筋肉が固まり、棒のようになった。過ぎゆく町並みは、とうに見知らぬものになっている。いつしか人家もまばらになり、街灯も無い暗い夜道を進む。

時間も何もかも判《わか》らない夜の中を、僕はひたすらに進んだ。

ただ、〝蝶《ちょう》〟の行く先を目指して。

やがて行く先は道から外れて、山の中へと入り込んだ。僕はそれでも斜面を這《は》い上がり、藪《やぶ》をかき分けて、山の中へ、その奥へと、突き進んでいった。

止るわけにはいかなかった。

まだ、僕は由佳《ゆか》に言っていないのだ。

まだ、僕は謝り尽くしていないのだ。僕が由佳を殴《なぐ》ってしまったのは、由佳を嫌いになったからではない。

それだけは言いたい。

〝蟲《むし》〟でもいい。また一緒にいたい。

止るわけにはいかなかった。しかし、足は一歩も進まなくなり、体が疲労で鉛《なまり》のように重くなり、息も満足にできないほど、肺も重く痙攣《けいれん》していた。

「――――――」

僕は藪の中で倒れ込み、咳《せ》き込みながら、涙を流した。

情けなくて、悔しくて、悲しくて、心の中で由佳を呼びながら泣いた。

しかしその泣き声も疲労に食いつぶされ、痙攣する呼吸の中に消えた。どうやら泣き声すらも、由佳の魂《たましい》に届きそうにはなかった。

「……………ゆ……………か」

詰まったように苦しい息の中で、僕は微《かす》かに言葉にならない呟《つぶや》きを漏《も》らした。

汗を浴びたように濡《ぬ》れた体が、夜気にみるみる体温を奪われていった。疲労で硬直し、軋《きし》みを上げる体中の筋肉。その下で〝蟲〟が、ざわざわと騒ぎ出す。

「……………」

死ぬのかも知れないな、と思った。

冷たくなってゆく体に比して、〝蟲〟のざわめきは大きくなっていった。

そのうち、〝蟲《むし》〟は大挙して僕の口へと押し寄せるのだろう。そして僕の口内を覆《おお》い尽くし、ざわざわと飛び立つのだろう。

——それでもいい。

僕は、思った。ようやく、僕にも覚悟が決まった。

僕も、由佳《ゆか》と同じ〝蟲〟になろう。もし望めるなら、〝蟲〟が孵《かえ》る時に意識が無ければ言う事はない。

そして僕は〝蟲〟になって、空に消えた由佳を探すのだ。

もし由佳が世界中に散っているなら、僕も世界中に散ろう。全《すべ》ての由佳の『魂《たましい》』を探して、僕は言おう。何度でも謝って、君が好きだと繰り返すのだ…………

「——それは良い『願望《のぞみ》』だね」

誰《だれ》かが、言った。

——ああ、そうだよ。

冷たくなってゆく身体《からだ》と意識の中で、僕は精一杯の誇らしさで、その『声』に応《こた》えた。

僕に、これ以上の望みはない。ただ一つ心配なのは、それが本当に叶《かな》うかという事だ。

「……叶うとも。蟲より生まれた君は、蟲に還《かえ》る」

僕の心の声に答えて、その誰かの『声』は、言った。

「蟲の申し子たる君が、蟲になって望む事が叶わないはずがあるだろうか？」

夜闇《よやみ》の中から聞こえるような、その昏《くら》い『声』の言葉に、僕は不思議と安心した。

幻聴かも知れないが、構わなかった。いずれにせよ、僕はこのまま〝蟲〟になるのだ。

その後の事は、その時に考えればいい。

ごふっ、と肺から、力弱い咳《せき》が出た。

その咳と共に、僕の喉《のど》から小さな塊《かたまり》が吐き出された。その塊は地面に落ちて、僕の目の前で微《かす》かに動いた。

……それは痰《たん》でも血でもなく、小さな〝蟲〟だった。

それは赤い色をした〝蝿《はえ》〟だった。アイルランド神話にあったような、茜色《あかねいろ》の〝蝿〟だ。探求の象徴。蝶《ちょう》と共に語られる虫。

――これが僕の『魂』か。

そう思った時、動けない僕の口元に微かな笑みが浮かんだ。

ずっと僕の中にいたのは、これだったのだ。

そう思っても、すでに嫌悪《けんお》感《かん》は失《う》せていた。この〝蝿〟ならばきっと〝蝶〟を見つけられると、ただそれだけを、頼もしく思った。

きっと赤い色は『恨《うら》み』ではなく、『心残り』だったのだろう。

死者の心残りが、結果として生者を死に引き込んでいたのだろう。

僕は、誤解していたらしい。僕もこれから、赤い〝蟲《むし》〟になる。


「…………」


目の前が、だんだんと暗くなってきた。

強くなる目の前の闇《やみ》を待ちかねたように、体の中の〝蟲〟達《たち》が一斉《いっせい》に上へと移動し始めた。

最期《さいご》に、僕は最後に僕と言葉を交わした、『声』の主を見ようと首を巡らせた。

僕の目に微《かす》かに映ったのは、夜の闇、死の闇に溶け込むような夜色《ヨルイロ》の外套《マント》を着た男が、その小さな丸眼鏡《まるめがね》越しに、僕へと嗤《え》みを向けている姿だった。


…………………………………………

†

その少年は、交際していた同級生の少女を殺害した容疑で、手配されていた。

警察の捜査にも関《かか》わらず行方を眩《くら》ませた彼は、事件から二週間後に自宅から三十キロ離れた山の中で、遺体となって見つかった。

死因は凍死だった。

だが彼が発見された時、この涼しい季節にも関わらず、現場から凄《すさ》まじい数の蠅《はえ》が飛び立ち、空へと消えて行ったという。

桜下奇譚

——オウカキタン——

1

桜が、吹いていた。

追いかけっこをする幼い少女二人の嬌声《きようせい》が、桜の中に響いていた。

少女たちの頭上を雲のように覆《おお》っている、白い白い、桜の花。その雲の中から、ちらちらと雪のように花びらが降って、風に吹かれて景色の中を舞い、世界を白く、暈《ぼ》かしている。

十にも満たない少女達《たち》には、大きな大きな、桜の木の下。

少女達の遊びの寄る辺。幹を挟《はさ》んだ、他愛《たわい》の無い追いかけっこ。

賑《にぎ》やかに少女達の靴《くつ》が踏む地面には、散った花びらがうっすらと積もり、覆っている。桜の花びらは、固い土が見えないくらいに地面を覆い、世界はすっかり桜に覆われていて、少女達はその上を駆け回っている。

さく、
さく、
さく、

響く、足音。

仲良しの少女、二人。

追う者と、逃げる者。

二人の上気した笑顔が、桜の幹の陰に見え、隠れ、はしゃいだ駆け引きをしながら、古木の周りを回る。

まるで二人が巻き起こしているかのように、渦巻く風が吹く。

少女たちの靴の周りで、積もった花びらが吹かれて、水が流れるように吹き流れて、地面に桜色のさざなみが立つ。

きゃっ、と悲鳴のような嬌声が上がって、追う少女が、逃げる少女の袖《そで》を取る。

捕まえて、摑《つか》まって、二人とも楽しそうに、笑い声を上げる。

どうして始まった追いかけっこなのか、もう二人とも、思い出せない。

その必要もない。互いの手を摑んでじゃれあう二人は高揚感《こうようかん》に包まれながら、顔を見合わせて笑い合った。

上がった息が、お互いに触れていた。

はしゃぎ疲れて、二人は笑って手を離す。

「……」

「……」

笑いの混じった、息を整える沈黙。

さわさわと桜の揺れる風の音が流れて、しばし、時が止まる。

と、少女の片割れが、踊るように身を離し、風の中に飛び込む。そして悪戯《いたずら》っぽく少し離れた所に立つと、子供らしい親愛の情を満面に浮かべて、もう一人の少女に言った。

「……ね、さきちゃん、私たち、ずっと〝しんゆう〟でいようね」

子供のする、友情の確認の言葉。

言われた少女も、何の屈託《くったく》も無く、頷《うなず》く。

「うん、いようね……」

そして、そう、答えかけた時だった。

ざあっ、

とひときわ強い風が、枝葉を鳴らして――

積もった花びらの上に立って、こちらに笑顔を向けていた少女の姿が、さざなみの立った桜色の下に、

とぷん、

と、

と沈んで、消えた。

「……………えっ？」

答えかけた友情の言葉は、行き場をなくして虚空《こくう》に消えた。

ぽかん、と誰《だれ》もいなくなった桜の下で、ただ一人だけ残された少女は、桜色に暈《ぼ》けた周りを見回した。

「……ちづこちゃん？」

ぽつり。

そして、

「ちづこちゃーん、どこー？」

呼びかけの声も、桜色の虚空に、消えてゆく。

……………

†

あれから、十年あまりが経《た》っていた。

一番の仲良しだった野瀬千鶴子《のせちづこ》という女の子が、一緒に遊んでいた小学校の校庭から忽然《こつぜん》と姿を消して、十年。

時が経《た》って高校二年になった今も、小学校の前を通るたびに、私はそのことを思い出さずにはいられない。すわ事故か誘拐《ゆうかい》かと、当時大騒ぎになった事件も、今やすっかり皆の記憶から風化していたが、当事者である千鶴子の家族と私の中では、未《いま》だにぽっかりとした虚《うつ》ろな穴として、心と生活の中に残っていた。

彼女は、行方不明のままだ。

死んだとは言わない。今も時々千鶴子の両親と会うことがあるが、もう糸よりも細くなった希望を離し難《がた》く握り続けているおじさんとおばさんを思うと、その希望を表向きだけでも共有しないわけにはいかなかった。

おじさんたちは、千鶴子が誰《だれ》かに誘拐されるか何かして、まだどこかで生きていると信じている。そしてもちろん私も、千鶴子がどこかで生きていて欲しいとは思っているが、おじさんたちと同じように思うことは、どうしてもできなかった。

あの時千鶴子は、桜の花びらの下に沈んだのだ。

そう見えた。千鶴子は、まるで水面《みなも》が見えないほど花びらが浮いた池の上に立ってしまっていたかのように、その下へと落ち込んで消えてしまったのだ。

もちろん、そんな馬鹿《ばか》げたことがあるはずはない。

当時私の話を聞いた大人達《おとなたち》は、ただ遊んでいる最中に友達を見失ったことの、子供なりの表現だと解釈したが、私の話したことは見たままだった。そしてその記憶が私の中にある以上、千鶴子のおじさん達のように、誘拐だなどと考えることは私にはできなかったのだ。

自分の憶《おぼ》えているあの光景が、勘違《かんちが》いや思い込みでないのかと言われれば、正直に言うと自信はない。

当時から私はぼんやりした子供で、空想癖《へき》もあった。

私の「見た」と思ったものが、彼女を見失ったことで作り上げた、子供の私の空想である可能性も否定し切れない。自分の見たものが馬鹿げたことだと今の私は思うし、聞き流した大人達の対応も、当然だと思う。

でも、私は見たのだ。

そう、憶えているのだ。

例《たと》え、この記憶が、子供の頃《ころ》の私の捏造《ねつぞう》だったとしても。

この記憶がある限り、感情の部分で、私にはどうしても、彼女が普通の誘拐に遭《あ》ったなどと信じることができなかった。

「……」

そして私は今日も、桜の下を通る。

朝早くの通学道。小学校の校庭に立つあの桜は、校庭を囲むフェンスから、道へと枝を張り出させて、大きな古木としての存在を主張していた。

桜はすでに散りゆく時期で、そよ風に花びらが混じっている。

花びらは私の長い髪の毛にも、時代遅れな紺色《こんいろ》のセーラー服の表面にも、時折触れながら落ち、アスファルトで舗装《ほそう》された歩道のあちこちに、白い斑《まだら》の溜《た》まりを作っている。

「……」

そんな歩道を私は下を向いて、花びら溜まりを、避《よ》けた。

避けながら歩いていた。私はあの光景から十年このかた、地面に積もった桜の花びらを踏むことに抵抗があり、避けて歩くことが癖《くせ》になっていた。

怖かったのだ。

つまり――――踏み抜きそうで。

私は地面に積もった桜の花びらの下に、そのまま固い地面があるとは、どうしても無条件には信じられなかった。桜並木のある水路の、堰《せき》に水が塞《せ》き止められている場所の平坦《へいたん》な水面《すいめん》の上を、まるでその上を歩けそうなほど桜の花びらが覆《おお》っているのを見ると、うっすらとした恐怖感と共に、妙に腑《ふ》に落ちた気分にもなるのだった。

とん、とん、とん、

私は、水溜《みずたま》りを避けるように、桜の花びらを避ける。

フェンスから張り出した、あの桜の大きな枝の下を、無感動な目で歩道を見下ろしながら、花びらを避けて歩く。

それは周りから見れば、高校生がつまらない通学路に、ささやかな戯《たわむ》れを付け加えたようにしか見えないだろう。だが、それをしている本人は、決して戯れのつもりではなかった。強《し》いて言うなら、トラウマの顕《あらわ》れに近かった。

うっかり踏んでしまうと、ぎょっとする。

意識して踏むには、ちょっとした覚悟がいる。

とん、とん、

そんな桜を、避けて歩く。

学校は休みだというのに企画された、ブラスバンド部の合同練習のため、朝早くに出た通学路はまだ行き交う人が少なく、冷たい空気が息を少しだけ白くしていた。

と――

さあっ、、、
と不意に、背後から桜のさざなみが、足元を薙《な》いだ。

「っ!!」

視界にそれが入った途端に、私はぎょっとなって、その場から飛び退《の》いた。

波打ち際《ぎわ》を真っ直《す》ぐに目指す波のような花びらの群《むれ》は、そのまま私のいた場所を通り抜け、先へ先へと追い越して行く。この飛び退きも戯《たわむ》れに見えるだろうか。しかし私の、本能的な部分に擦《す》り込まれた桜に対する〝怖《おそ》れ〟は、桜の波というたったこれだけに過ぎないものでさえも、反射的に避《よ》けてしまうほどだった。

「…………」

私は、突然のことにドキドキと鳴る心臓の音を聞きながら、歩道の脇《わき》に立ち尽くし、波を見送った。

歩道を流れてゆく波を見つめる私の胸には、アスファルトの地面が液体になっているかのような、そんな不安感がうっすらと広がっていた。

さらさらとロールを巻くように渦巻きながら、歩道を流れてゆく桜の波。
見ていると、自分の立っている地面が波打ち始めたかのようで、急に足元が不確かな気がして、落ちて沈んでしまう想像に、落ち着かなくなる。
ただ単に、風に吹かれただけの花びらに。

――風？

その時、ふと私は、気がついた。
こんなにも花びらが流れるほど、この風は強いだろうか？
感じるのはさわさわと枝を鳴らすほどの風。そしてその風も、すでにか細いまでに弱まっていたが、しかし桜の波はいまだに強風に吹かれているかのように、そうでなければ一群の生き物のようにさらさらと地面を薙いで、絨毯《じゅうたん》のように歩道を突き進んでいた。

「……え？」

不可解なものを目《ま》の当たりにした、一瞬の、思考の空白。
そして理解する前に急激に脳裏に広がった、言語化できないほど反射的で本能的な、違和感に近い、鈍い警報。

「……！」

そうして思わず強張《こわば》って見つめた先に、突然バッグを背負《せお》った男の子が現れた。
私と同じように何かの用事なのだろう、休日だというのに早い時間に一人で登校するその少年は、私の後方にある小学校の校門に向かって、快活に駆けていた。

そして、その足元に――


さらさらと、あの桜色の波が――


「!!」

どくん、と心臓が跳《は》ね上がった。

それに気づいた途端に、理屈ではない恐怖と悪寒《おかん》が背筋を駆け上がって、思わず私は、男の子に向けて叫んでいた。

「避けてっ!!」

「!?」


少年は突然の私の叫びにぎょっとした表情になって、しかし目の前に迫っていた桜の波は認識していたらしく、思い切りそれを飛び越えた。

何かスポーツをやっているのだろう、機敏《きびん》な反射神経で、しかし無理な体勢で桜の波を飛び越えた少年は自分の背負《せお》ったバッグの大きさと重みに一瞬振り回されて、バランスを崩して、たたらを踏んだ。

「うわっ、と……」

「あ――――」

私は自分の口を押さえていた。思わず叫んでしまった自分の口を。

私は時々こういうことがあった。何だか分からないが、些細《ささい》な出来事や、あるいは何でもない場所や物などに、叫び出したいほどの激しい不安や恐怖を突然感じて、周りの人に変な顔をされる事が昔からあったのだ。

それと同じ、急な不安感の爆発。

ただ、今のは理由がはっきりしていた。桜だからだ。

だが、それどころではない。どうしよう。

思わず叫んでしまったこの取り繕《つくろ》いをどうしよう。気まずく立ち尽くす私の周りには、たった今まで広がっていた気がした、不安感に満ちて澱《よど》んでいた時間は雲散霧消《うさんむしょう》して、早朝の冷たい空気の正しい時間が、またいつの間にか動き始めていた。

「……」

少年と、私。

私は慌《あわ》ててこの状況を誤魔化《ごまか》そうと、少年に笑顔と、それからガッツポーズを向けた。

「やったね!」

「……?」

少年はわけが分からない様子だったが、しかし年上のお姉さんから激励《げきれい》されて、ちょっと面《おも》映《は》ゆそうな表情になった。そして逃げるようにまた駆ける。そのバッグの背中を振り返って見送りながら、私は内心で、胸を撫《な》で下ろした。

よかった、何とか誤魔化《ごまか》せたと思う。

変なお姉さんと思われただろうが、これでよかったとも、私は思った。

道の先の方に向き直ると、桜の波が、その形を崩して、動きを止めていた。

打ち捨てられたかのようだった。私はその、無秩序な桜の花の残骸《ざんがい》が動かないのを少しのあいだ見つめると、先程の違和感を全《すべ》て気のせいだということにして、そして先程のことも戯《たわむ》れに小学生をからかったのだということにして、再び学校へ行くために、最寄《もよ》り駅に向けて歩き出した。

さわ、

と微《かす》かに、風で桜が揺れる音がした。

そしてその時、私は背後の頭上から、何か得体《えたい》の知れないものが私を見下ろしているかのような、視線のようなものを、微かに感じた——気がした。

「……」

私は、無視する。

自分の違和感に対して、私はもう全て気のせいだと思うことにしたので、自分の感じるもの全てを振り切るようにして、この場を後にした。

……だが。

2

帰りは、中途半端《はんぱ》な時間になった。

普段学校の授業が終わる時間よりも、やや早くに解散になったこの日、私があの小学校のそばに差しかかった時刻は夕方から夜になりかけた、ひどく往来に人が少ない、間隙《かんげき》じみた時間帯だった。

学校指定のバッグを肩にかけ、とぼとぼとした足取りで、私はフェンス沿いの歩道を歩いていた。管楽器の練習で、腕と、体の中身が疲れていて、それほど重いものは入っていないはずのスポーツバッグが、妙に揺れて肩を引っ張っている。

「――――」

頭の中には、今日の練習曲の反復。

だがその確認するように刻むテンポは、まるで体の状態と、足取りに引っ張られているかのように疲れていて、妙に遅かった。

ぱた、ぱた、ぱた、
と頭の中の曲に合わせて、スニーカーの靴底《くつぞこ》がアスファルトの地面を叩《たた》く。

その一歩一歩には、朝にはまだあった軽快さはなくなっていて、疲れのある歩き方になっていた。靴底で地面を叩くような歩き方で、足音も妙に大きい。

が……

「……よい、しょっ」

それでも私は、この歩道に辿《たど》り着いて最初の一歩を、大股《おおまた》に飛び越えた。

歩道に桜の花びらが積もっていた。朝から長時間の練習をして疲れていても、私は積もった桜の上を踏み歩く気には、どうしてもなれなかった。

というよりも習慣になっていて、考えるよりも前にそうしてしまう。

散った桜で斑《まだら》になった歩道に、点在している黒い〝島〟に、私は花びらをまたぎ越えながら足を乗せて、家路を辿ってゆく。

この季節、いつもこうだが、幸いなことにまだ不審がられたことはない。

私以外にもやっている人はいるのだ。ただ、昔はまだ良かったのだが、高校生にまでなってしまうと、やるのはもう私以外には年下の子しか見なくなってしまった。

とん、とんっ、

ふと気がつくと、向こうから私と同じように、花びらを飛び越える人影があった。

視線を上げると、小学校にも上がっていない歳《とし》だろう小柄な女の子が、肩辺りで切り揃《そろ》えた髪を揺らしながら鼻歌混じりに〝島〟を渡って、そして私と目が合うと仲間を見つけたかのように、にこっ、と屈託《くったく》なく笑った。

そう、こんな風に。

子供だけだ、こんなことをするのは。

違うのだ。少女とすれ違いながら、私はそんな風に思う。

だが頭でそう思う傍《かたわ》らも、私自身は少女と同じように桜の下で〝島〟渡りを続けていて、周りからはさぞ微笑《ほほえ》ましく見えるだろうこのすれ違いを想像するだに、私の心は何とも言えない鬱々《うつうつ》とした気分になるのだった。

「……」

そうして、とん、私が最後の〝島〟を渡り終えて、桜の花びらが密集して積もった地帯を過ぎかけた時。

「…………っ⁉」

突然ぞっと首筋に強い視線のようなものを感じて、私の足が、思わず止まった。
見下ろされたような視線。見られていることを皮膚《ひふ》が感じた時の、あの感覚。それを壮絶《そうぜつ》に重くしたような圧力が全身の感覚にのしかかって、私は下を向いたまま、足が止まってしまっていた。

「…………！」

顔から血の気が引いていた。急に周りが暗くなった気がした。
下を向いた視界に見えている周りの景色に、急に影が差したような気がした。じわ、と冷たい汗が出た。
何が起こったのか分からなかった。ただ背筋に一本、冷たい〝怖《おそ》れ〟の芯《しん》が通って全身を凍らせていた。肌に、首筋に、鳥肌が立っていた。数秒か、それとも一瞬のことなのか、時間が凍りついた。目を見開いたまま瞬《まばた》きもできなかった。
そして。

『……………………………………………………………』

背後に、気配。

背後の頭上から気配と視線。それは頭の上に広がっている広大な桜の花の中からじっ、、と見下ろしている、冷たく無言の、空か雲かと思うほどの巨大な、背中一面にのしかかる茫漠《ぼうばく》とした気配だった。

〝それ〟は私を見ていた。そして明らかに、〝悪意〟があった。

じっと刺すような敵意に満ちた視線。しかし〝それ〟は、決して近づいて来るわけでも追って来るわけでもなく、ただ憎々しげに――――いや、人間の感情に例えるならばそうとしか表現できないが、それよりももっと非人間的で異質な――――凄《すさ》まじく異様な悪意に満ちた視線を、私の背中へと注いでいた。

「…………！」

強《し》いて言うならば意思でも知性でもない、漠然とした、しかし質量さえ感じてしまいそうな巨大な感情。

「う……！」

息苦しい。猛烈《もうれつ》な悪意が空気に混じって、それを吸う呼吸が重い。

これまでの人生で向けられたこともない不可思議な憎悪《ぞうお》と殺意に、身が竦《すく》む。

しかし背後の頭上を覆《おお》っているその気配は、ただそうして見下ろすばかりで、じっと動けないかのように、身じろぎさえもしない。

ただ。その時だった。

ざあっ、、、

とひときわ強い風が吹いて、背中に吹きつけて、周囲に枝葉がざわめく音が満ちた。

そして同時に、恐れと緊張から自分の背中の向こうへ集中していた感覚の中で〝何か〟が動いたのを感じた。音にもならない微《かす》かな音。物とも言えない微かな質量が動いた、風とも呼べないほどの、微かな空気の動き。

突然だった。

風と共に、そんな微かな気配が、さらさらと地面を撫《な》でながら、こちらの背中に向けて一斉《いっせい》に押し寄せて来たのを感じた。

微かでありながら、圧倒的な群れ。

岸辺へ向けて押し寄せる、広大なさざなみ。

それが、一瞬の風が弱まっても、そのまま私の背中へと――――


「……っ!!」

振り返った。恐怖に弾《はじ》かれて。

そして見た先には、波があった。

そこには歩道に積もった凄《すさ》まじい量の桜の花びらが、まるで道一面が川になって水が流れ始めたように、あるいは昆虫の群れが一斉に獲物《えもの》に向けて動き始めたかのように、こちらを呑《の》み込もうと押し寄せ始めていた光景があった。

ちょうど、強い風に吹かれたように。

もう風のない歩道を、桜が――――

――――ぞわ、

〝悪意〟。

地面を覆《おお》い尽くすようにして足元に迫ってくる桜色をした〝波〟に、私は今日初めて漠然としたものではない明確な危険を感じて――――背筋を駆け上がる悪寒《おかん》と共に後ずさり、そして背中を向けて、この場から逃げ出した。

「ひ……！」

逃げなきゃ。逃げなきゃ。逃げなきゃ。そう本能が叫んでいた。全身が怖《おそ》れと焦《あせ》りに引っ張られ、もつれそうにもなる足を、必死で動かして、全力で歩道を走った。

あの〝川〟に追いつかれた時、私は桜の下に沈む。

確信していた。あの川の上に立った途端、私は水面《みなも》に浮いた桜の花びらの上に立ったように
その下に落ちて、沈んで二度と帰れないのだということを、このとき確信していた。

消えてしまった、彼女のように。

「…………………っ!!」

必死で逃げた。走った。視界が揺れた。しかし足がもつれて、まるで夢の中のように少しも
進んだ気がしなかった。

走りながら振り返ると、桜色の波は一直線に迫っていた。

私の足元を攫《さら》おうと、風に吹かれたように疾《はや》く、まるで津波《つなみ》のように、花びらが地を這《は》って
流れていた。

「……っ！」

ざあっ、
と滑るように。波のように。

川のように。走る自分の足元に、瞬《また》く間に花びらの流れが迫る。

「…………っ!!」

目の前に。足元に。

瞬く間に、足の下に――

「ひっ……!!」

呑《の》まれそうになり、喉《のど》から細い悲鳴が出て、恐怖と絶望に全身総毛立つ思いで、身を竦《すく》ませて、ぎゅっ、と強く目を閉じて――

「!!」

「なにしてるの、、、、?」

ざあっ、
と次の瞬間やって来たのは、痛みでも足首を捉《とら》えた花びらの感触でもなく、少女の声と、全身に吹き付ける風の感触だった。

「え……?」

渦巻いて、収まる。その場に立ち尽くし、顔を腕で庇《かば》ったような姿勢のまま恐る恐る目を開けると、まるで先ほどの風が全《すべ》てを吹き飛ばしたかのように空気に満ちていた〝悪意〟が消え去って、何事もない、いつもの小学校脇《わき》の歩道の景色がそこに広がっていた。

ただ、周囲には先ほどの異常の名残《なごり》をありありと残す、大量の花びらが散り散りに乱れて散らばっていた。しかしそこには波や水面《みなも》を思わせる要素はどこにもなく、ただ歩道に散った、ただの桜の花びらに過ぎなかった。

「……」

そして、目を開けた視線の先に、一人の少女が。

先程すれ違ったばかりの、〝島〟渡りをしていた少女が、歩道の先でこちらを見据《みす》えて、風の中に立っていた。

遠目にも印象的な目が、じっと私を見ている。

可愛《かわい》らしくも真剣な面持ちは、純粋そうで、しかしそのせいかどことなく私達《たち》とは違うものを見ているかのような、浮世離れした雰囲気を放っていた。

歩道の真ん中に立ち塞《ふさ》がるように立つ、そんな、小さな女の子。

彼女はしばしそうやって私の方を見ていたが、やがてそのまま小走りに、こちらの方へと駆け寄って来た。

「……だいじょうぶ？」

そして少女は私を見上げ、訊《たず》ねる。

「え……ええ……」

私は答える。しかし心臓は先ほどの名残で早鐘《はやがね》のように鳴りっ放しで、頭の中も混乱していて、何が大丈夫なのかも、それどころかたった今、何が起こっていたのかも、実のところは分かっていなかった。

そんな私の取り繕《つくろ》いに、少女は。

「……おねえさん、このさくらに、なにかしたの？」

「っ!?」

ぎょっとするような問いを投げかけてきた。私は動揺し、それが顔に出たのが自分でありありと分かって、そんな私の顔を真っ直《す》ぐに見上げてくる少女の視線の前で、その事実にさらにうろたえた。

「な………なに……？」

「わたし、さくらの木がおこってるの、はじめて見たよ？」

言葉が出てこない私に、少女は言う。

「だから、おねえさんが、なにかしたと思ったの」

「桜が……怒る？」

鸚鵡《おうむ》返しに私。少女はこくりと頷《うなず》く。

「そう。さくらがおこってた。おこっておねえさんを、さらおうとしてたよ」

「……っ!?」

「わたしが見てたから、やめたの。いまは、しらないふりしてるけど、まだおこってる。おねえさん、もうこの道は、とおらないほうがいいよ。このさくらは人をさらうの。おこってさらおうとしたのは、はじめて見たけど……」

少女の言葉に、私は混乱する頭で必死に考えた。

桜が、人をさらう？

そして怒っている？　私を？

私が何かしたから？　何を？

いや、それよりもこの女の子は何者なのか、そして一体何を言っているのかと、まともな疑問もようやく湧《わ》いてきたが、それよりも先に頭の中の冷静でない本能的な部分が、少女と自分の問いに対する、一つのまともではない結論を出していた。


「私が――――邪魔したから、、、、？」


呟《つぶや》きが、出た。

少女はそれを聞くと、得心《とくしん》したように、そしてどこか哀《かな》しげに視線を逸《そ》らして、「あー」と呟いた。

「そっかあ……それは、さくらさんがわるいよね……」

そして少女は、言う。

「でも、ゼッタイにさくらさんはあきらめないし、おねえさんをゆるしてくれないよ。草や木はね、ココロがあるけど、ココロしかないの。こんなにながく生きて、大きくなった木がずっとふくらませてきたココロだから、ぜったいに言うこときいてくれないよ。おねえさんが、にげるしかないよ」

少女の言葉。それは想像遊びでなければ電波そのもので、普段の私なら聞き流すだろう話だが、今の私には全《すべ》てが腑《ふ》に落ちていた。

少女の言葉は、ここで私が感じたもの、あるいは感じさせられたものの、全ての答えそのものだった。

だが私の中の常識が、もうこれ以上、この少女に関《かか》わるべきではないと言っていた。こんな子に関わるべきではないと。全て気のせいだと。

しかし私の中の衝動《しょうどう》が、彼女との関わりを望んだ。

どんなに常識から外れていても、つい先ほど私がした経験と――――何よりもかつて大人《おとな》によって聞き流されて、やがて身に着けた私の常識によっても封殺された、幼い頃《ころ》の私の『あの記憶』の答えを求めていたのだ。

「ねえ」

私は、訊《たず》ねていた。

「桜は……どうして、人をさらうの？」

こんな問いに、何故《なぜ》だかこの少女は答えをくれる気がした。

少女は当たり前のように答えた。

「このさくらさんには、こどもがいないからだよ」

「……子供？　え？　なに？」

「だから、こどもがいないの。それだけだよ？」

少女の答えは、それだけ。

「だから、うらやましくて、さらうの」

「……そう」

どういうことかさっぱり分からず、私は眉《まゆ》を寄せたが、少女があまりにも自明の事であるかのように言うので、食い下がるこちらの方が変な気がし始めて質問を変えた。

「……ねえ、私、むかし、この桜に友達をさらわれたの」

私は言った。

「目の前で。ねえ、あの子は、、、、どうなったの？」

「……うーん」

十年来の、誰《だれ》にも問えなかった質問。

その私の問いを聞くと、少女は軽く目を伏せて、少し哀《かな》しそうな表情で、ぽそりと呟《つぶや》くように言った。

「もし〝むこう〟に、さらわれちゃったんなら……」

「なら？」

私の促《うなが》しに、言いづらそうに少女。

「かえってこれないとおもう。さらわれちゃった子は、むこうのせかいにとけて、なくなっちゃうの。ごめんなさい」

「そう……」

私は落胆《らくたん》し、下を向いて、唇《くちびる》を噛《か》んだ。

十年の時が経《た》って、こんな幼い少女に教えられた、一つの結論。

何故だか信じる気になった。ただ、悲しみはすでに磨耗《まもう》しきっていて、心に湧《わ》いたのは、悔しさだった。

何もできない、何もできなかった、悔しさ。

無力な自分への、悔しさ。

桜を、見上げた。

小学校の校庭に根を広げ、歩道に豊満な枝を伸ばしている桜の大樹は、何事もなかったかのように、花をゆっくりと散らしながら立っていた。

ただ、その静かさの印象は、今まで感じていたのと同じではなかった。

いま私が、桜の静かさに見出《みいだ》した印象は、自然としての雄大な静かさでも、人格としての泰《たい》然とした静かさでもなく、明らかに人間とは異質な精神を宿した、じっと動かない怪物としての不気味な静かさだった。

「ちづちゃん……」

私は、いなくなった親友の名前を呟《つぶや》いて、溜息《ためいき》をつく。

絶望だ。どうしよう。悔しくて、悲しい。それに何より、これから私は、どんな顔をして、千《ち》鶴《づ》子《こ》のお父さんとお母さんと会えばいいんだろう?

「……」

「ね、おねえさん、かえろう?」

少女は桜を振り返って立ち尽くす私の、セーラー服の袖《そで》を引っ張った。

「わたしが見てるあいだは、さくらさんも何もしないから」

「……」

私は名《な》残《ごり》惜しいというよりも、仇《かたき》を目の前にして何もできないといった感覚に近い、立ち去りがたい思いに後ろ髪を引かれながら、自分の半分ほどの背丈しかない少女に手を引かれて、小学校から引き離されてゆく。

どうにもできない。無力感。

そんな無力感と、今まで辛《かろ》うじて握っていた、糸よりも細い千鶴子生存の希望が切れた虚無感を胸に、私は現場から、とぼとぼと離れてゆく。

手を引かれて、歩いてゆく。

学校は見えなくなり、静かな住宅地を二人の足音だけが、響く。

しばしの、二人だけの、無言の道が続く。

やがて私は、そのうち学校が影も形も見えなくなった頃《ころ》、袖を引かれて歩くまま、疲れた声でぼそりと口を開いた。

「……ねえ、何で私に声をかけたの？」

「だって」

少女は答えた。

「おねえさん、みえないけど、かんじる人でしょう？　だったら、おともだち。おともだちは、たすけないと……」

「……」

私は首を振った。私は……そんなんじゃない。こんな空想癖《へき》のある子の仲間なんかじゃ。だがそう思う私の脳裏には、今まで私が突然感じた、あの『突然の不安感』のせいで驚かせた皆の反応と、ちょっと変わった子としての、私に貼《は》られたレッテルが浮かぶ。

「そんなんじゃ……」

言いかけて、やめる。

徹底的に抗弁する気力も、今はなかった。

それに、こんな小さな女の子の言うことを頭ごなしに否定するのも大人気《おとなげ》ない。だがそんなことを思う心の底には、否定すればするほどボロが出そうで怖いという思いも、確かに沈んでいた。

だから私は、別のことを聞いた。

ちょっと引っかかっていた、彼女の言葉について。

「……ねえ、何で桜は、あなたが見てると何もしないの？」

「みえるからだよ」

少女は私の質問に、これも当たり前のように、答えた。

そして、

「それから、わたしが、〝まじょ〟だからだよ」

「……そう」

少女は言った。

私は疲れ果てた心で、そんな彼女の言葉を、ただ漫然と、受け止めていた。

3

「……ただいま」

　がらがらと、もうこの辺りでもだんだん珍しくなってきた引き戸の玄関を開けて、私は家に辿《たど》りついた。

　旧街道に面して並んで建つ、年季の入った自分の家。もたもたと靴《くつ》を脱いでいると、暖簾《のれん》の向こうから「おかえりー」というお母さんの声と、テレビの時代劇の音、それから夕食の支度を始めているらしい出汁《だし》を煮る匂《にお》いが玄関まで届いてきた。

「……」

　私はお母さんと会話する元気もなく、みしりと床板の音を立てて家に上がり、玄関近くにある自分の部屋に入る。

　戸を閉めて、バッグを降ろす。ひどく疲れていた。そして今の自分の心も体も、ここに来るまでにあったことも、全《すべ》て夢の中の事のように感じて——このまま布団《ふとん》を出して、その上に倒れ込んで眠ってしまいたかった。

　眠って、目を覚ませば、全て夢で済むのではないかと。

全《すべ》てなかったことになって、忘れられるのではないかと。それくらい、帰宅の道で起こったあの短い出来事は、受け入れがたく、現実感も欠いていた。

「はあ……」

溜息《ためいき》。私は着替えるのももどかしく、畳《たたみ》の床に寝そべって、クッションに顔を埋《うず》める。

ぼんやりとした頭。しかしそんな頭の中は、先程のことで一杯だった。

信じがたい事が、そして信じがたい話が、あり過ぎた。

今、こうして冷静になってみると、現実の事とは思えなかった。そして、あの少女の語っていた話も、どこまで信じていいものか、まるで分からなくなっていた。


何で今さら、こんなことに？


正直、そんな思いがあった。

千鶴子《ちづこ》が行方不明になってから十年だ。ほとんど毎日のように小学校に通い、卒業してからも毎日のようにあの桜の横を通って来たというのに、どうして今になって、こんなことが起こらねばならないのか分からなかった。

今の今まで、そんなそぶりさえなかったのに。

急にこんなことになっても、そしてあんなことを言われても、どうすればいいのか分からなかった。何を思えばいいのか分からなかった。

色々知らされた。千鶴子ちゃんが帰ってくるのは、もう絶望的であること。

いや、それはいい。もう十年も経《た》っているのだから、もう心の底では、諦《あきら》めている。

問題は――――子供の頃《ころ》の自分の記憶が確かで、千鶴子ちゃんはあの桜の木にさらわれてしまったのだという、そっちの方だ。

そして私は、その桜の木が男の子をさらおうとしたのを邪魔《じゃま》したために、桜の怒りを買ってしまい、目をつけられてしまったという、そちらの話の方だ。

本当に？　信じる？　あの女の子の空想かも知れないのに？

彼女と別れてから何度となく浮かんだ自問がまた浮かぶ。少女の言葉は、十年間周りから一顧《いっ》《こ》だにされなかった『あの記憶』が正しかったという証言だった。

だが私は、少しも嬉《うれ》しくなどない。

幼い子供の勘違《かんちが》いとして、私の中だけにモヤモヤを残したまま、ずっと証明などされない方が、まだマシなものだった。

いま証明されても、私はどうすればいいのか分からない。

ずっと『あの記憶』を話したせいで――――それから、きっと『あの記憶』のトラウマのせいだろう、何でもないことに突然恐怖を感じる後遺症のせいで――――変わり者のレッテルまで貼《は》られ続けている私だが、今になって証明されても困るのだ。

『おねえさん、みえないけど、かんじる人でしょう？』


あの少女の、言葉。

そんな馬鹿《ばか》な。霊感？　冗談じゃない。

でもとりあえず、あの小学校の前は、これからは迂回《うかい》しよう。

そんなことを考えているうちに、眠くなった。晩御飯まで……少し、眠………


うたた寝をした。

久し振りに、千鶴子《ちづこ》ちゃんの夢を見た。

4

うちの高校のブラスバンド部は異常に厳しい。

春休みでも容赦《ようしゃ》なく、連日学校で練習がある。

連日の、朝からの登校。だが私は、あんな出来事を経験したものの、その後、二日ほど何かあるわけでもなく、ほとんど今まで通りの平穏《へいおん》な朝を取り戻していた。

ただ小学校の前の道を、迂回するようにしていた。

あの道を通ると何か危険があるのかも、本当のところは正直わからなかったが、それを確かめるためにまた桜の下を通ってみようという気には、ちょっとなれなかった。


「……はーあ」


今日も疲れた学校帰り、私は例の桜の道が終わった辺りの交差点に、横合いの路地から出てきて、小学校方面を振り返る。

ひときわ大きなあの桜が見える。それなりに離れていても嫌でも見える、あの頭一つ大きな桜は、そろそろ葉桜の時期が近づいていて、白い頭にそれと分かるほどの緑の斑《まだら》が混じり始めていた。

振り返ってそれを見やる。溜息《ためいき》が混じる。

毎日、行き帰りに一ブロックぶん遠回りしているわけだ。当然疲れるし、時間もかかるわけで、恨《うら》みというほどハッキリしたものではないが、釈然としない気分は出てくる。

「……」

桜は、どんよりとした空の下。

ただの景色として、そ知らぬ顔で聳《そび》えている。

散った桜の花びらはこの辺りの歩道にも届いているが、一つ、二つ、と数えることができるくらいにまばらだ。花びらが地面を完全に覆《おお》い隠し、その下を踏みぬくのではないかと、怖《おそ》れを私が抱《いだ》く規模とは、程遠い数だった。

桜は——あの女の子が言っていたことが本当ならばだが——こうしている私に憎しみを抱いているのだろうか。

桜の手が届かない遠くから、毎日眺《なが》めている私を。

時折、嫌な雰囲気を桜の方から感じることがある。

だが気のせいだと決め付けて、私は桜に背を向けて家に帰り、忘れてまた今日を送る。

†

三日後。

あの小学校に通う男の子が、消えた。

私がその日、普段どおりに練習から家に帰って来ると、お母さんが居間のテーブルで回覧板を読んでいた。そしてお母さんは、私が居間に入って来ると、何か心配事がある時にいつもする丸わかりの表情と声で、私を見上げて言ったのだった。

「……ねえ咲《さき》、あの小学校の子が、いなくなったんだって」

「え？」

どくん、と聞いた瞬間、私の心臓が跳《は》ね上がった。

「え、何？」

「ほら、休みの小学校で遊具使えるじゃない？　ボールとか一輪車とか。あれで遊びに来てた男の子が行方不明なんだって」

「……そんな、まさか」

私は思わず言ってしまった。

小学校の前で、私が思わず声をかけた男の子。

彼のことを思い出したのだ。だがお母さんは私の「まさか」を別の意味に取って、眉《まゆ》をひそめながら私に言った。

「ねえ？　お母さんも、ちょっと千鶴子《ちづこ》ちゃんのこと思い出したわ」

「……！」

「千鶴子ちゃんも、春休みに小学校に遊びに行って、いなくなったのよね。やあねえ。こんなこと言うのもアレだけど、あんたも気をつけなさいよ」

お母さんは私に回覧板を差し出した。

受け取ったが、不安感が膨《ふく》れ上がって見るのが怖かった。

見た。ボードに挟《はさ》んである、町内の諸連絡の紙の一番上に、無機質に男の子の行方不明を告げて協力を求める文章と、男の子の写真のカラーコピーがあった。

——三田隼飛（みた・はやと）くん。１０歳。

初めて名前を知った。
い、い、い、い、い、
あの、男の子だった。

5

次の日になっても、男の子が見つかったという知らせはなかった。

「……ただいま」

その日、あの男の子の行方不明が気がかりであまり眠れず、寝不足で目を覚まして部活に出かけた私は、気がかりのまま練習を終えて、そして家に帰って来た。
玄関で靴《くつ》を脱ぐために上がり口に座り込み、私は深く、溜息《ためいき》をついた。

きつい練習から帰った私の、毎日の溜息はほとんど日課のようなものだったが、今日の溜息はいつもとは質の違う、別の溜息だった。

行き帰りに、あの桜を見てきた。

迂回路《うかいろ》に逸《そ》れる十字路から、小学校の校庭を見やった。

あの桜は冷たい雲が覆《おお》う空を背景に、静かに立っていた。

見ながら思った。あの男の子は本当にあの桜が？　と。私の記憶の中の千鶴子《ちづこ》ちゃんのように、地面に積もった花びらに、あの男の子も沈んでしまったのだろうか？　と。

桜はただ、その斑《まだら》の体を風に微《かす》かにそよがせているだけだった。

まるで微かに身を揺らす、巨大で得体《えたい》の知れない魔物のように、不気味なまでの静かさで、そこに立っているだけだった。

い、い、い、い、い、い、い、
人を喰らったかもしれない、桜。

静かな、気のせいか不気味なまでの存在感。私は見ているうちに心に冷たいものが沁《し》み込んできて、まるで魔物に見つかる前に逃げ出すかのように、行きも帰りも、あの十字路から何もできずに立ち去ったのだった。

そして。

「……はあ」

靴《くつ》を脱ごうとしながら、溜息《ためいき》をつく私がここにいる。

何かしないではいられない思いだが、何もできないし、何も思いつかない。

誰《だれ》かに相談どころか、口にすることもできない。そんな心配事を抱《かか》えたまま日を過ごし、練習中も気もそぞろで、何度か怒られて帰って来た。それでも昨日から私の頭は、行方不明のあの男の子の事で、一杯だった。

私は靴を脱ぎ、家に上がって、真っ先にお母さんを探した。

「あら、お帰り」

お母さんは狭い裏庭で洗濯物を取り込んでいた。

「うん。お母さん……あの行方不明の男の子、見つかった？」

「ううん？　まだじゃない？」

「そう……」

私はそれだけ聞くと、忙しげにしているお母さんに背を向けて、家に引っ込む。そして自分の部屋へと、肩を落として戻っていった。

私が練習に行っている間にあの男の子が見つかって、事件が解決していることを、正直なところ期待していた。

たった一言だけの短いすれ違いとはいえ、会って言葉を交わした少年が無事でいることを、私は期待していた。

そして、少年の行方不明があの桜のせいではないことを。

つまり私がいま気がかりにしていることが、全《すべ》て馬鹿馬鹿《ばかばか》しい杞憂《きゆう》であることを、私は期待していた。

「……」

だが、期待したことは起こっていない。

心も、晴れない。

私は、廊下をみしみし言わせながら、溜息混じりに部屋に戻る。

そして部屋の前に立ち、私が幼い頃《ころ》に襖《ふすま》から取り替えたという、私の部屋の戸を開けて中に入った。


「…………………………………………」


その瞬間、猛烈な桜の気配に、私は思わずその場に立ち尽くした。

強い違和感が五感を襲った。空気が、違っていた。

部屋に入った瞬間に吸い込んだ、自分の部屋の空気。その部屋に満ちている空気、匂《にお》い、そして雰囲気が、馴染《なじ》んでいるはずのものとは明らかに違っていた。ここが自分の部屋とは思えず、その事態に思わず身体《からだ》が竦《すく》んだ。

「う……」

いつもならここに満ちているのは古い木造家屋の、多少埃《ほこり》っぽいかもしれない、自分の生活の匂《にお》いが染《し》み付いた部屋の空気。

だが、いま部屋の中に満ちている空気は、まるで屋外だった。

それは生きた木の幹と、その中を通る風と、土の、微《かす》かな匂い。

そして、地面いっぱいに厚く積もった桜の花びらから立ち昇る――――どこか湿った匂いの混じった、満開に散りゆく桜の下の空気。

「………………！」

部屋中に充満する、〝桜の木〟の匂い。

立ち尽くした。さーっ、自分の体から、血の気が引いてゆくのを感じた。

何？

何で？

どういうこと？

頭の中をぐるぐると巡る、疑問。

硬直して入口に立ち尽くし、見慣れているはずの自分の部屋を、呆然《ぼうぜん》と見つめるばかりの、瞬《まばた》きも忘れた自分の目。

茶色っぽく影の落ちた、薄暗い、自分の部屋。

畳《たたみ》、押入れ、机、服掛け。それから上に音楽教室のコンテストでもらった楯《たて》を飾っている、漫画と楽譜と教科書の入った、小ぶりの本棚。

いつもの自分の部屋。でも、何？　この違和感は、何？

空気が違う。匂いが違う。雰囲気が違う。いや、それら違うものはすでに分かっているが、しかしそれだけではなく、何か気配のような、例えば真っ暗な部屋で、大きな虫が動いた時に感じるような、目には見えない、微かな……

「……」

ふと、白いものが落ちているのが、見えた。

部屋の隅、畳の上に、見慣れない小さな紙の切れ端のようなものが落ちているのが、ふと視界に入り、目に留まった。

それは窓の下、カーテンからこぼれ落ちたような位置に、ぽつんと落ちていた。

それは小指の爪《つめ》ほどの大きさの、翳《かげ》った部屋の光景から色を抜いたように、白く浮いて見える、小さな――

「…………………っ!!」

ばしん!!　と戸を閉めた。

反射的に部屋を出ていた。そして押さえるように戸に手をかけたまま目を見開いて、息を呑《の》み、硬直したように立ち尽くした。

自分の心臓の音を感じた。どっ、どっ、どっ、と早鐘《はやがね》のように。

汗が噴き出しそうな緊張。一枚の薄い戸を挟《はさ》んで、こちらと向こうの、時間が凍った。

い、い、い、

桜の、花びら。

部屋の中に。そして部屋の中一杯に充満する、桜の存在感。

どういうこと!?　いや、分かることは一つだけだ。

い、い、い、い、い、

私の家が見つかったのだ。あの〝桜〟に私の家が嗅《か》ぎつけられて、その影響の手が、ここまで広げられて来たのだ。

もうこの部屋には帰れない。

信じたくない気持ち。疑う気持ち。ぐずぐずと思っていた全《すべ》てが吹き飛んだ。それらは全て自分の目の前にある事から目を逸《そ》らして、疑うことで見ないようにして、不安を見ないようにしていただけだったのだ。

本能は最初から知っていた。

自分の『あの記憶』が、正しいことを。

私は、『感じる人』なのだ。ここに至って私は全てを――ここで目を逸らして、常識ぶってこの部屋で暮らせば、私は早晩、行方不明者になるだろうということを――理屈抜きに、理解していた。

「……………はっ……はあっ……」

喘《あえ》ぐように、息を吐く。

戸の取っ手に、押さえるように手を添えたまま、必死で考える。どうすればいいか、必死で考える。

どうすればいい？　私には、何もできない。

こんなこと、誰《だれ》にも話せない。頼れる人も、もちろん、誰も……………

誰も……………？

……………………

†

「よかった……会えた……！」

「……?」

女の子はその肩口で切り揃《そろ》えられた髪を揺らして、ぜいぜい肩で息をして道に立つ私を、不思議そうに振り返った。

「あれ?　さくらのおねえさん?」

小学校の前で、私を助けてくれたあの不思議な子。私はこの子の事を思い出し、僅《わず》かな希望に縋《すが》って、彼女と出逢《であ》った小学校の周辺を走り回り、ようやく幸運にも彼女の背を見つけてこうして駆け寄り、声をかけたのだった。

「あなたを……探してたの。お、お願いが、あるの」

「わたし?」

呼吸に喘《あえ》ぎながら言う私の言葉を聞いて、彼女は小首を傾《かし》げる。

だが彼女は、私をきょとんとした表情で少し見つめると、すぐに僅かに表情を硬くして、私に近づいてきた。

「……さくらさん……?　おいかけてきたの?」

「分かるの!?」

さすがに驚いた。

女の子はこっくりと頷《うなず》くと、私に手を伸ばして、腋《わき》に手を入れるようにして私の背中へ手を回し、髪の毛の中から何かをつまみ出してきた。

　小さな、白いモノ。

「桜の花びら……!!」

「こっそり、ついていったんだね……」

　女の子は花びらを見つめながら言う。

「おうちまで、ついてきたの？　じゃあくるよ。たくさんつれて」

「お願い……助けて……！　どうすればいいの!?」

　私は夕刻の住宅地の路上で、恥も外聞もなく、縋りつくような声で訊《たず》ねた。彼女は少し考えるそぶりをすると、私の手を取って、言った。

「おねえさん、さくらのとこ、いこう？」

「え？」

　ぎょっとした。思わず手を引っ込めかけた。

「な、何で……」

「だいじょうぶ。わたしがいるよ？」

　そして躊躇《ためら》う私の手を、引く。

「あんなさくらがある、あそこはとくべつなの。わたしといっしょなら、きっと、おねえさんもあえるよ」

「あ……会える？　何に？」

「まほうつかい」

少女は言った。

私はわけの分からないまま、あの時と同じように少女に手を引かれ、あの時とは逆に小学校の方へと、連れ去られるように歩いていった。

6

夕刻の小学校には、桜が降っていた。

どこを見ても桜が舞い落ちているかのような、満開の散り際《ぎわ》。どんよりと曇った灰色の空の下で、大きな桜の枝から白い花びらが雪のように降る光景は、音もなく視界一面に広がって、じっと見ていると眩暈《めまい》を起こしそうなほどに、ちらちらと揺らいでいた。

ちらちら、ちらちら、と。

静かで、美しい光景だった。

そして……空恐ろしい光景。

風のない空気の下で、校庭と、そしてフェンスを挟《はさ》んで面した歩道は、すでに雪のように降る花びらに覆《おお》い尽くされて、水を張ったように真っ白になっていた。

そして。

「……だいじょうぶ」

「…………………」

その光景の中に、私は小さな女の子に手を引かれて、立っていた。

風に散らされない花びらは、すでに周囲の地面をすっかり覆い尽くし、もうほとんど〝島〟の残っていない歩道の数少ない足場に、私は女の子と手を繋《つな》いで、それでも身も竦《すく》む思いをしながら、桜の見える場所に立っていた。

はらはらと花を散らす桜は、ただ静かに、校庭に。

フェンスの向こうで、あの人食いの桜は、まるで世界を押し潰《つぶ》そうとしているかのような厚く暗鬱《あんうつ》な雲の下、全身を翳《かげ》らせて、しかし純白の花を纏《まと》って、重々しく聳《そび》えている。

「だいじょうぶ。いまは、なにもしないよ」

「……」

答えることもできない、私。

桜はただ、不気味なまでの静けさで目の前に立つばかりで、何もない。

しかし私は、今にも自分の足が沈み込んでしまいそうで、足が竦むほど足元に不安を感じていた。まさに薄氷を踏むような、水に浮く板の上に立たされているような心もとなさに、私は強く少女の手を握っていた。

「だいじょうぶ。いまは、わたしがみてるから」

「……」

少しでも体から力を抜けば、足元が揺らいでしまいそうで、私は微《かす》かに震えている。

静かに頭上に枝葉を広げる桜はあまりにも静かだったが、それは息を潜《ひそ》めて隙《すき》を伺《うかが》っているような張り詰めた静けさに、私は感じた。

その下にいる私の、見えるだけの周りの地面は、もう元の凹凸《おうとつ》も分からないくらいに積もり重なった桜の花びらで真っ白だ。一面に白く染まった表面はうねるようで、それを見つめているだけで、だんだんと揺れる船に立っているように平衡《へいこう》感覚が狂ってゆく。

一面の、
白。

白。

白。

ぐらりと揺れる視界。揺れる視界の中で、白い水面《みなも》がうねる。

緊張と眩暈《めまい》の中で、ものが考えられなくなる。

視界が、頭の中が、真っ白になってゆく。

「────────」

ふと、その中で、黒いものが見えた。

地面を覆《おお》って積もった一面の花びらの真ん中に、黒い小さな山が、こんもりと盛り上がっているのが見えた。

────何だろう？

真っ白になった頭で、呆然《ぼうぜん》とそれを見る。

それには目があった。眉があった。髪があった。

それは見開いた虚《うつ》ろな黒目を、じっ、と無為《むい》にこちらへと向けた、積もった桜から生えるように突き出した、鼻筋から上だけの子供の頭部だった。

「…………………………!!」

ぞーっ、と背筋に、悪寒《おかん》が這《は》い上がった。

「……みちゃだめ」

「…………っ!!」

ぎゅっ、と強く手を握られた。強く、その手を握り返した。

視線を必死で逸《そ》らそうとしても、視界の端以上に追い出せなかった。凍りついたようにその場に立ち尽くし、瞬《まばた》きもできず、〝それ〟から完全に目を離すことが、とてつもなく恐ろしかった。

「…………!!」

あれは何？　何で？

私は、何で……何のために、ここでこんなことをしてるの？

今にも途切れそうな意識が見る視界の中、まるで水の中から伺《うかが》うように、あるいは水に浮かんだ生首のように上半分だけを覗《のぞ》かせた子供の頭部。

「…………!!」

噴き出す冷や汗。震える体。

そうしている間にも、明らかに正気の人間ではない、いや、生きた人間のものではない大きく見開かれた虚《うつ》ろな目は、花びらの中から視界の隅で、じーっ、と湿った硝子玉《ガラスだま》のようにただこちらへと向けられて――――

「――――あれは――――攫《さら》われた子だ」

びくん!!　と心臓が、全身が、跳《は》ね上がった。

「ひ……っ!!」

横合いから、何の前触れもなく突然かけられた男の声。そして思わずそちらを向きかけて止まった視野の端に、いつの間にか足音もなく現れた、黒い服を着た男の影が立っていた。

あまりにも近くに立っていた黒いコートが、写真の端を燃やしたように、視界の端を削《けず》る。眼球ごと視野を削られたような闇《やみ》。視野の端を覆《おお》って、その闇を作り上げているぞろりとしたコートは、ただ黒と呼ぶにはあまりにも深くて複雑な、例えるなら夜色《ヨルイロ》と言っていい、意識が吸い込まれそうな異様な色をしていた。

そして垣間《かいま》見える——その闇に載った、白い、あまりにも白い横顔。

眼鏡《めがね》をかけているらしいことは分かる。そして怖気《おぞけ》を催《もよお》すほど整っていることも分かるのに、ひどくぼんやりとした印象をした、その貌。

しかしそんな、幽霊でも見ているかのような印象にも関《かか》わらず、その男の顔に、ただ一つだけはっきりしている部分があった。

男は嗤っていた。

その口を、三日月形に切り割ったかのように吊《つ》り上げて、『彼』は嗤《ワラ》っていた。ただそれだけが、はっきりしていた。

「……残骸《ざんがい》だ。あれは攫われた子の残骸、あるいは残像と呼べるものだよ」

全身を硬直させる私に、『彼』は闇を溶かしたような声で、囁《ささや》くように語りかけてきた。

気がつくと子供の頭部は見えなくなっていた。幻覚が覚めたように、そこには何もなくなって、しかしその代わりに周囲に落ちる陰が、ひどく濃くなっているような気がした。

「まほうつかいさんだよ」

聞こえる、少女の声。しかしもはや、私には少女に答えることも、少女を見ることをする余裕さえも、完全に失われていた。

これが、まほうつかい？

その少女の言葉にさえ恐怖を感じた。これは――――人間ではない。こんな気配のモノが、人間であるはずがないのだ。

「そのまま聞きたまえ。君に、この桜の『願望《のぞみ》』の話をしよう……」

そして硬直する私に、すぐ傍《そば》に立つ、『闇《やみ》』は言った。

「この桜――――染井吉野《そめいよしの》は子を為《な》せぬ。ゆえに人の子を、攫《さら》うのだ」

「…………!?」

以前少女が言った事を、さらに具体的にした言葉だった。どういうこと？　パニックになりそうな私の耳に、『彼』の言葉は続けられた。

「知っていたかね？　この島国に幾万と生える桜、染井吉野と呼ばれる種は全《すべ》て接木《つぎき》によって殖《ふ》やされた、同じ一本の木なのだよ」

「!?」

「同じモノ同士では子は為せぬ。ゆえに周りに同種しかない場所に生える大半の染井吉野は、子を為すことなく歳《とし》を経て、朽《く》ちる運命《さだめ》にあるのだ」

昏《くら》く、昏く、『彼』は言った。

「人のような歪《いびつ》な種を除けば、全ての生物にとって子を為すことは必定《ひつじょう》であり、その生の根本に宿る望みだ。だが染井吉野にはそれができぬ。同じモノ同士の子が成る確率はあまりにも低く、そして僅《わず》かに出来た子も、芽を出すことなく全て死に絶えるのだよ。

いわば染井吉野は、歪なる人の手によって作られた、歪なる種と呼んでいい。そして人がそうしたために子を為せぬ桜は、人の子らを祝うために学び舎《や》に植えられ、自らの数少ない畸形《きけい》の子が死にゆくのを見ながら、同時に人の子らが育ちゆくのを見せつけられているのだ。そのうちの一部が人を妬《ねた》み、憎んだとして、誰《だれ》が責められよう？　ゆえにこの桜は人の子を攫う。人と自らを呪《のろ》う月日によって、妖物《ようぶつ》と化したのだ」

「…………………!!」

くつくつと嗤《わら》い、『彼』。私はその話に衝撃《しょうげき》を受けたが、だからといって納得できるわけではなかった。

「だ……だからって……」

私はようやくのことで、搾《しぼ》り出すように、言った。

死ぬのを受け入れろと？　そして幼くして殺された親友千鶴子《ちづこ》や、あの男の子の事を納得しろと？　諦《あきら》めろと？

できるわけがない……！

怯《おび》えて身体《からだ》が硬直し、それ以上の言葉を言う事ができなかったが、それだけは思った。心の中で叫ぶように思った。死にたくない。納得できない。ああ聞けば桜の立場に同情を感じなくもないが、だからといって私が受け入れる筋合いはないのだ。

「……もちろん、その通りだとも。君が受け入れる必要は無い。君が桜に対して怒り、憎んだとして、誰《だれ》が責められよう？」

まるで心を読んだように、『彼』が言った。

「それが人の業《ごう》なのだ。全《すべ》ての他者の思いを踏みしだき、弱き者、物言わぬ者を、ともすれば自らをも蹂躙《じゅうりん》して進む『願望《のぞみ》』こそが、人の業」

「……！」

「そして『私』は、そんな『願望』の守護者なのだよ」

凍りつく私に、くつくつと、『彼』は。

「さあ、よく考えてみたまえ。君の奥底に眠る『願望《のぞみ》』は何だね？　君は、助かりたいという以上の望みを、本当は持っているはずだ。君は——本当は、どうしたいのだね？」

訊《たず》ね、嬲《なぶ》り、検《あらた》めて、そしてゆっくりと身を乗り出して——私の視野を闇《やみ》で喰《く》らいながら、『彼』は私の顔を、どろり、と覗《のぞ》き込んだ。

…………………

…………

7

ちら、ちら、と音もなく桜の降る、校庭。

夕刻もすっかり深まり、夜も近い時刻。裏の駐車場から小学校の敷地に入り込んだ私はあの桜にじっと視線を据《す》えたまま、運動場の土を踏む音をさせて、桜の降る光景へと一歩一歩、無言で歩を進めていた。

ざりっ、ざりっ、と音を立てる、私の靴《くつ》。

澱《よど》んだ空気。頭上の空が、今にも雨が降りそうなほどの厚い雲に覆《おお》われているせいで、夜のように暗い校庭の中を、私はそれ以上に暗い心と目をして闇の中にあってなお白く浮かび上がる桜の咲く空間へと、ゆっくりと歩み寄っていた。

「…………………」

私の右手には、つい先ほど、家から持ち出して来たばかりの金槌《かなづち》があった。

そして同じ右手に、一本の黒光りする、大きな、鉄釘《てつくぎ》。

この釘は、あの『まほうつかい』から手渡されたものだった。

私はこの釘と、そしてこの釘の暗い輝きにも似た、暗く澱《よど》んだ覚悟と共にここに立って、桜へと近づいていたのだ。


――――本当は、どうしたいのだね？


あの時の、『彼』の問い。

それへの答えが、私をここに立たせていた。


許せない。あの桜が。


それが私の答え。

私は気づいてしまったのだ。私の本当の感情は、それだったのだ。

信じがたい『あの記憶』と共に、私の中で、この感情は抑圧されていた。大人達《おとなたち》によって、そして常識によって抑圧せざるを得なかった『あの記憶』。それが私自身の疑いによって今まで私の中で真実でなかったがために、その感情も同様に、私の中で真実のものではなかった。

だが、あの異常な『記憶』を真実だと認めた時、同時に感情の蓋《ふた》も開いていた。

怖い……！

悲しい……！

理不尽《りふじん》……！

許せない……！

私は『あの記憶』の実感と共に胸の中に湧《わ》き上がったそれらの感情に、ようやくはっきり気づかされて、やっと心の中で、明確な言葉で叫んだのだった。

いいいいいいいいい、

ちづこちゃんを、かえせ……!!

私の悲しみと欠落。彼女の両親の悲しみと欠落。

吹き上がった全《すべ》ての思いと感情に胸を焼かれながら憎悪《ぞうお》を叫んだ私に、あの『彼』は夜闇《よやみ》のような色をした外套《がいとう》の中から出した手に、一本の黒光りする釘を握って、私の目の前へと差し出したのだった。

「——知っているかね？　妖物《ようぶつ》は鋭い鉄を忌《い》む」

「…………！」

「後は、君の『願望《のぞみ》』に従いたまえ」
そして私は――その釘《くぎ》に手を伸ばし、摑《つか》んだ。

「…………」


そうして私は、ここにいる。

やるべき事は分かっていた。理不尽《りふじん》への怒りが、恐怖への反抗が、そして今まで十年あまりにわたって押し殺されてきた悲しみと怒りと憎悪《ぞうお》が、胸のなか一杯に噴き出して、暗く熱く内腑《ないふ》を灼《や》いていた。

私は憎悪の込もった昏《くら》い目で、暗い夕闇《ゆうやみ》の中、睨《ね》め上げるように〝桜〟を睨《にら》む。

そうしながら足を進める私の顔は強く強張《こわば》っていて、〝桜〟への恨《うら》み以上に、怖《おそ》れも強く抱《いだ》いているのが露《あら》わだった。

怖い。だがこのまま何もしなければ、いずれ私は殺される。

私が助かるためには、そして生き残るためには、あの〝桜〟と対決し、親友の敵《かたき》を取るしかなかった。人知を超えた〝桜〟と戦うために今の私は、運動場を横切って、校庭の〝桜〟へと近づいていた。

桜へと。

その足元の、踏めば末路しかない、地面に積もった桜の花びらへと。

そして私は、それらに歩み寄りながら、まだ何も持っていない左手を、ぱんぱんに膨《ふく》らんだスカートのポケットに入れ、中に詰め込んだ物を掴み出した。

微《かす》かに手に刺さる痛みと共に、じゃりっ、という音と共に掴み出したのは、無数の釘。

右手にある大釘ではない。家にあった、死んだお祖父《じい》ちゃんの工具箱から、金槌《かなづち》と一緒に持ち出して来た、ごく普通の鉄の釘だった。

私は〝桜〟を真っ直《す》ぐに見据《みす》えて歩みを続けながら、左手に掴んだ釘の束を、アンダースローで前へと放《ほう》った。

しゃりーん、

と澄んだ音がして、私の放った釘は、ばらばらと道を作るように、私の前方に落ちた。

硬く突き固めた地面に、そしてその地面を覆《おお》っている桜の花びらの上に、釘は音を立てて落ちる。釘は柔らかい花びらの上で鈍く光り、その下に、沈み込みはしなかった。

「…………」

私は無言と強張った無表情で、なおも足を進めながら、さらにポケットから釘を掴み出し、放る。

しゃりーん、
と音を立て、ばらばらと桜の上に、釘《くぎ》の線が延びる。

私は、それらが桜の下に沈むことなく露《あら》わに落ちているのを見据《みす》えながら、足を止めることなく歩を進め――――そして降り積もった桜の花びらの上に足を出し、そこに放り投げた釘ごと、一瞬の恐怖と共に、もはや花びらの下に存在するかも分からない隠された地面を、勢いのままに、体重を乗せて踏みつけた。

「…………………!!」

がりっ、
と音がして、靴《くつ》の裏が、幾重《いくえ》にも重なった柔らかい花びらと、釘と、その下の地面の感触を踏みつけた。

「………」

いけ、いける。

妖物《ようぶつ》は鉄を忌《い》むというのは本当だった。私は自分の顔が、花びらを踏んだ瞬間の恐怖と緊張と、それを踏み越えた歓喜と興奮によって、凄《すさ》まじく強張《こわば》って歪《ゆが》んでいるのが分かった。

夕闇《ゆうやみ》の中に屹立《きつりつ》する、大きな桜。

これに大釘を打ち付ける。敵《かたき》を取る。

私は湧《わ》き上がるその一心で前へと足を進めたが――――花びらを踏み越えて近づいてゆくに従って、だんだんと私の肌に、首筋に、産毛《うぶげ》が逆立つような感覚と共に、一斉《いっせい》に鳥肌が立ってゆくのを感じた。

「…………っ」

急に空気が重くなったように、身体《からだ》が、前に進むことを拒否していた。

みしり、

と感覚が軋《きし》むほどの敵意。闇の中に立つ桜と、雪のように白く降り積もる花という本来なら幻想的とも言っていい桜の景色が、今は猛烈《もうれつ》な敵意を孕《はら》んで、あまりにも禍々《まがまが》しい雰囲気をもって、私の目の前に広がっていた。

静かな、静かな、怖気《おぞけ》が走るほど、美しい敵意。

美しい景色そのものが強い憎悪《ぞうお》を宿し、ずっと見据えていると魂《たましい》が喰《く》われて、心が折れそうな、そんな光景が、強烈な圧力をもって目の前に広がっていた。

「…………っ！」

だが、負けない。許さない。

一面が白く覆《おお》われた地面を見つめながら、私は息を荒くして、前へ前へと、突き進んだ。

その下に子供の死体を沈めた、世にも美しい、真っ白な光景の中を。鉄釘《てつくぎ》でできた道を頼りに、視線を落として歩く私の視界を真っ白に埋め尽くしている、忌《い》まわしくおぞましい白い世界の中を、私は突き進んだ。

ざりっ、

足元に広がる、一面の白の中を、一歩。

桜の花びらが一面に浮かんだ静かな水面《みなも》のような、平衡《へいこう》感覚が狂って眩暈《めまい》がしそうな世界の中を、一歩、また一歩。

進む。

前へ。前へ。

あの〝桜〟へ。一歩一歩ごとに、花びらで真っ白に染まった、ひどく単調で単色の視界が、前へ前へ、前へと——

不意に、視界の隅に、子供の頭があった。

「――――――っ!!」

一瞬心臓が跳《は》ね上がった。鳥肌が皮膚《ひふ》を這《は》い上がった。

足元を見ながら進む単調な視界の端に、積もった花びらの下から顔を出すようにして、死んで濁《にご》った目を見開いた、あの子供の頭部の上半分があった。いつの間にか音もなく、それは桜の花びらの下から生えて、じっとこちらを見つめていた。

「……………!!」

自分の目が見開かれた。瞬《まばた》きもできなかった。

恐ろしくて瞬きもできない緊張の中、私は引っ張られそうになる視線を無理矢理前方に固定して、荒い息を吐きながら、一瞬止まった足を再び前に進めていった。

はーっ……はーっ、

見ないように。

目が合わないように。

心が折れないように。

必死で前を見ながら歩き続ける、その行為は、だんだんと自分の行いから、現実感を奪っていった。

真っ白で現実感のない景色。その中を歩くにつれて、感覚が暈《ぼや》けた。

だんだんと身体感覚がなくなり、平衡《へいこう》感覚が失われて、やがてその一歩一歩が、真っ白な眩《めま》暈《い》の中を歩いているように、視界と足元が、不確かになっていった。

まるで、凍死寸前の、吹雪《ふぶき》の中の行軍のように。

まるで、白い夢の中を、歩いているように。

ずるり、

そんな視界の端の、茫漠《ぼうばく》と白い地面に、子供の頭が、また生えたのが見えた。

死人の肌の色をした、子供の頭の上半分。何も見ていない濁《にご》った目を見開いて、地面を覆《おお》う花びらを掻《か》き分けて浮かび、じっ、とこちらの方向に、目を向けている。

ずる、

そして、また一つ。

その光景を無感動に視野に納めながら、歩く。

容貌《ようぼう》も髪型も違う、しかし一様に死人の色をした子供の頭の上半分が、目を見開いて、桜の積もった地面に生え、じっとこちらを眺《なが》める。


ずる……ずる……


そしてそれらは、呆然《ぼうぜん》と白い視界の中でみるみる数を増やしていった。前だけを向いた視界の端に、次々と浮かび、遠巻きに死んだ目を、こちらへと向けた。

十を越え、二十を越え、死んだ子供の頭が、視界の端に一杯になっていった。

桜の散る中を、花びらが真っ白に積もった中を、虚《うつ》ろな無数の視線を向けられながら、淡々と淡々と歩き続けた。

引き攣《つ》った表情で。

鉄釘《てつくぎ》と金槌《かなづち》を握り締めて、ただ一つの焼けるような思いを、胸に。

周囲の地面を埋め尽くすほど浮かんだ、死んだ子供の頭部の中を。ただ淡々と、淡々と、淡々と、淡々と――


「……………………！」

そして、ざりっ、と音を立て、私はとうとう、足を止めた。

あの〝桜〟に辿《たど》りついたのだ。枝葉の下に。幹の、足元に。

たくさんの子供をさらい、花の下に沈めた〝桜〟。ようやく辿りついたことに対して、何か思うところがあって良かったはずだが、もはや私には桜を見上げる余裕もなかった。張り詰めた緊張と恐怖の中で、もはや何かを思う余裕さえ、今の私にはなかった。

周囲を花びらで埋め尽くした、異形《いぎょう》の桜の古木。

美しく立派なその古木の下に、僅《わず》かに鉄釘《てつくぎ》だけを頼りに立った私は、花びらに覆《おお》われた地面から生えた、無数の子供の首に取り囲まれていた。

無数の死んだ視線に取り囲まれて、一切の余裕など、なかった。

私はただ、緊張で潰《つぶ》された肺で喘《あえ》ぐような呼吸をしながら、胸の中の怒りを鼓舞《こぶ》して、黒光りする鉄の大釘を左手に持ち替え、その先端を、幹に当てた。

そして。

「っ!!」

ごん!! と思い切り振り上げた金槌《かなづち》を、釘の尻《しり》に叩《たた》きつけた。

キン、という鉄と鉄が打ち合わされる甲高《かんだか》い音が鳴り響き、手に伝わる衝撃《しょうげき》と共に、長い大釘の先端が〝桜〟の木に食い込んで、幹の中に潜《もぐ》り込んだ。

その瞬間、

轟《ごう》、

と空気に、暴風のような敵意と苦痛が、爆発的に膨《ふく》れ上がった。

「……ひっ……!!」

肌を打つほどの怒りと敵意。苦痛と恐怖。

身が竦《すく》んだ。それは凄《すさ》まじいまでの感情の奔流《ほんりゅう》だった。空気に満ちるほどの感情の爆発。それは例えるなら数万の群集が恐怖にかられてパニックを起こした時に、場を呑《の》み込む感情の奔流がこうではないかと思えるほどの、凄まじい密度と大きさの感情の発露だった。

おそらく百年余りにわたって憎悪《ぞうお》を蓄《たくわ》えた、お化け桜の撒《ま》き散らす、恐怖と怒り。

その感情をまともに至近距離で浴びせられた私は、思い切りその恐怖に当てられて、叫ぶほどの恐れと焦《あせ》りにかられて再び金槌を振り上げて、渾身《こんしん》の力を込めて、もう一度全力で鉄釘を打ち付けた。

「わあああああああっ!!」

キン!!

瞬間、狂ったような風が周りに吹き荒れた。

「!!」

まるで力一杯釘《くぎ》を打ち付けられた人間が絶叫し暴れ回るのにも似た、恐怖と苦痛と憎悪《ぞうお》が混じった風が爆発的に吹き荒れて、そしてそれを引き起こした大釘がそれに相応《ふさわ》しく、木の繊維《せんい》を断ち割って、半ばまでめり込んでいた。

のた打ち回るように枝葉が、風に嬲《なぶ》られて滅茶苦茶《めちゃくちゃ》に揺れる。

腕を滅茶苦茶に振り回すかのように、激しく揺れる枝は、この混乱と恐怖の中で、もはや風によって揺らされているのか、それとも暴れまわる巨大な枝が、この風を起こしているのかさえ、判別がつかないほどだった。

キン!!

そして、錯乱《さくらん》と絶叫の中、三度。

無我夢中で力の限りに金槌《かなづち》を振り下ろし、甲高《かんだか》い音と共に、木の幹の中にさらに、ごん、と太い鉄釘が埋まった。

その瞬間、

どろり、

と見える限りの白い世界に、突如《とつじょ》として大量の、〝赤〟が混じった。

「!!」

視界が赤くなった。それは周りを埋めつくしていた、大量の〝子供の頭部〟が、三度目の釘を打ち付けた瞬間に、一斉《いっせい》にその頭から、耳から、そして目から、その白い肌も桜の花びらも染まるほどの、凄《すさ》まじい量の血を流し始めたからだった。

頭が裂《さ》け、目が潰《つぶ》れていた。

そして、ただ静かに生えているだけだった〝子供の頭〟は、この途端に時間が動き出してでもしたかのように、池に大量に浮かべた果実じみた様子でごろごろと浮き沈みし、流され、あるいは互いにぶつかり合いながら、もがき始めた。

ごろりと角度を変え、転がり、今まで見えなかった部分が水面《みなも》に露出する。

そのたびに、真《ま》っ赤《か》な血溜《ちだ》まりになった口が、眼窩《がんか》が、裂けた傷口が、どろどろと赤黒い血を流して、白い花びらの〝水面〟に赤を広げた。

「…………!!」

涙が出るほど乾いた両の目を見開いたまま、立ち尽くした。

「…………………………!!」

これでもかというほど引き攣《つ》って硬直した自分の口元から、がちがちと歯が鳴る音が、頭の中に響いた。

そして、

つ、い、

つーっ、

と目の前の、たったいま釘《くぎ》を打ち込んだ木の幹からも、血が、一すじ。

もはやこの瞬間に、全《すべ》ての勇気と、勢いと、気力が、完全に底を尽きた。

「ひ…………!!」

どさ、と重い音を立てて、手から金槌《かなづち》が滑り落ちた。

金槌は重い頭から地面に落ち、桜の花びらが覆《おお》った地面を叩《たた》いたが、次に倒れた柄は花びらの中にとぷんと沈んで、そのまま鉄製の頭を引きずり込むようにして、完全に花びらの下に沈んでしまった。

「ひ……ひ……い……!!」

後ずさった。ざり、砂と靴《くつ》の間で、花びらが磨《す》り潰《つぶ》された。

見回した。〝桜〟の周りは、もはや数え切れないほどの子供の頭がごろごろと浮かび、池に切り落とした子供の生首を大量に流し込んだかのように、血に染まった桜の花びらで真《ま》っ赤《か》な水面《みなも》と化していた。

白いのは、もはや頭上に残る花と、そして釘を撒《ま》いた足元だけ。

いま踏みしめている足元と、そして自分の背後にずっと続いている、ここまで来るために釘で作った細い道だけが、地獄絵図の中に残っていた。

「ひ………!!」

声も出なかった。あっという間に心が恐怖に食われて、逃げ出そうとした。

しかし足がもつれて、歩き出そうとしただけで腰が落ちそうになり、私は細い足場の上で、子供の頭が浮かんだ血の海を見下ろして、バランスを崩しただけだった。

立つのがやっとだった。

一歩も歩けなかった。

目の前の水面に、ぽかり、と子供の頭が浮かんだ。

幼い女の子の頭部。それは目を閉じた表情で私の足元に浮かび、見下ろす私の目と、閉じられた少女の瞼《まぶた》がその刹那《せつな》、ひたりと合った。

「!?」

千鶴子ちゃんだった。

悪寒《おかん》が背筋を駆け上がった。血の海の中で、千鶴子《ちづこ》ちゃんの顔は十年前のあの時のまま、まるで生きているかのように綺麗《きれい》な、安らかな表情をしていた。

「……千鶴子ちゃん!?」

私は叫ぶ。

このまま手を伸ばし、救い上げれば、まだ助けられるのではないかと思うほどに、彼女の貌《かお》は綺麗なまま。

眠っているかのように、綺麗なまま。

私の胸の中に、目の前で彼女が消えてしまった事の悔いと、やり直せるならやり直したいという思いが、狂おしいほどに湧《わ》き上がった。

「千鶴子ちゃん!!」

私は叫んだ。

ふらつきながら、しゃがみ込んだ。

そして叫び、手を伸ばそうとする。

「今、助け……」

だがその時だった。

ぴしっ、

と生木が軋《きし》み裂《さ》ける音が、ひどく大きく背後で聞こえた。

それは本能的にそれと分かるほどの、あまりにもはっきりとした、木の命が、軋み裂ける音だった。

「え……」

ちょっと待って。

この〝桜〟が死んだら、ここはどうなるの？

千鶴子ちゃんのいる、この世界は、どうなるの？

「千鶴子ちゃん!!」

私は慌《あわ》てて、血の海に浮かぶ千鶴子ちゃんの顔に手を伸ばしたが、その瞬間、ざあっ、と桜の花びらと葉が、目の前を覆《おお》い尽くすかのように降り注いで来て——絶叫する私と千鶴子ちゃんの間が、カーテンが下ろされたかのように、隔てられ、遠くなった。

そして身を裂《さ》かれるような思いと共に、遠くなる、意識。

…………

……………………

8

気がついた時、花も葉もなくなって、夜空に血管のように裸の枝を伸ばした桜の木を、私は見上げていた。

「…………」

ふと気がつくと、私は夜空の下の、あの桜の下で、積もった花びらの上に座り込んで、落ち葉に埋め尽くされた空間の中にたった一人、ぽつんと座り込んで目を覚ましていた。

世界は元に戻っていた。あの地獄は、周りのどこにも存在しなかった。

見回しても血糊《ちのり》の一つさえ見つけることはできなかった。目の前の〝桜〟の幹には、私の打ちつけた鉄釘《てつくぎ》が残っていたが、そこから流れ出したあれだけの血も、もう跡形さえ見出《みいだ》すことができなかった。

「…………」

私は、呆然《ぼうぜん》と周りを見回した。

そして何もない事を、ようやく得心《とくしん》すると、胸の中にぽっかりと、空洞が開いたような気分が残った。

空虚なまま、私は立ち上がった。

そして、そのままふらふらと歩き出し、そよそよと冷たい風が吹く中を、ぼんやりとしたまま、歩いて家に帰った。

†

……私は、日常に戻った。

私はまた翌日からブラスバンドの練習に通い、新学年が始まってからは、また普通に学校に通い始めた。

あれから私は、また小学校の前を通って通学を始めた。

あの出来事が心の中で落ち着くまではとてもそんな気になどなれなかったが、気が変わるのは早かった。新学年が始まった頃《ころ》には私はすでに、通学路を元のように小学校の前を通るものに戻していた。

今までとは違い、桜の季節が終わったことは、理由ではなかった。

嘘《うそ》でも強がりでもない。それが証拠にこの時の私は、また桜の季節が来るのを、待つ心持ちになっていたのだ。


千鶴子ちゃんを、助ける。


できるならそうしたい。

この望みと後悔は、あれからずっと私の中に、わだかまり続けた。

あの〝桜〟は枯れてしまった。もう花を咲かせることも、葉をつけることさえない。

あれからしばらく、小学校の百年桜が、一夜にして葉を落とし、枯れてしまったという話題が、町の人の間で語られ続けた。

だが、私は諦《あきら》めなかった。

諦められなかった。

どれだけ年月が経《た》とうとも、いつか——

いつか、この桜が蘇《よみがえ》って、その時に千鶴子《ちづこ》ちゃんを助けられる事を、私は心待ちにして、毎日この傍《そば》を通るのだ。

†

一年が経ち、二年が経った。

桜の季節を、また私は、迎える。

全然違う場所の、桜の傍を通る時、私はそこに積もった桜の花びらから、じっ、と虚《うつ》ろな視線を向けてくる、人間の頭を見ることがある。

じーっ、

と上半分を出した人間の頭が、何の感情もない死人の目をして、こちらで生き、暮らしている生者を見つめている。

そのとき私は思う。この下には人が埋まっているのだと。

血の濃い自分の子が無数に死にゆくのを見ながら、人の子が育ちゆくのを見て、人の子をさらったのだと。

私はそんな、さらわれた子の残像を見ながら、思うのだ。
この子が身を沈めている、この桜の下は、千鶴子《ちづこ》ちゃんのいるあの桜の下と、繫《つな》がっているだろうかと。

……私は、今年も桜を待つ。
いつかあの百年桜は、蘇《よみがえ》り、千鶴子ちゃんを咲かせるだろう。

現魔女奇譚

――ユメマジョキタン――

私は、なぜかよく人から気味悪がられた。

でも、私は気にならなかった。

こんなに、こんなにたくさんの人がいるのに、その中のほんの少しの人に気味悪がられても平気だ。

私を気味悪がる人は、みんな『人間』の人ばかりだったけれど。

†

私は毎朝、飼い犬のヨハンを連れて散歩に出る。

ヨハンはとても大きな犬。私はヨハンと散歩をするのが大好きだ。

私は散歩をしながら、そこで出会う色々な人に話しかける。みんないい人ばかりで、挨拶《あいさつ》していて嬉《うれ》しくなる。

†

真《ま》っ赤《か》なポストの上には、妖精《ようせい》さんが座っている。

「おはよう、ポストの妖精さん」

「おはよう、〝魔女〟さん」

妖精さんはポストの上で、いろいろな人が手紙を入れるのを見ている。

でも気に入った手紙を持っていってしまうので、時々手紙が届かない事がある。

「手紙、あんまり取っちゃ駄目《だめ》だよ？」

「外国のお仲間はもっと取ってるらしいわよ？」

「そうなの？」

「そうよ。でもわたしたちは目が肥えてるから、ほんとに気に入ったのを、少しだけもらっているだけなんだから」

近所の木下《きのした》さんの家の、生垣《いけがき》の薔薇《ばら》は〝監視者〟だ。

大きく咲いた花の真ん中の、大きな目玉がその証拠だ。

監視者はずっと何かを監視して、土の中の誰《だれ》かに何かを報告している。

何を監察して誰に報告しているのかは、どうやら規則らしくて、聞いても教えてくれない。

「おはよう、〝監視者〟さん」

「やあ、おはよう、〝魔女〟さん」

「ねえ〝監視者〟さん、ずっと目を開けて、目が痛くならない？」

「俺達《おれたち》はちゃんとまばたきしてるじゃないか。一年がかりでさ。俺達から見れば、あんた達のまばたきは忙《せわ》しすぎて、よく疲れないもんだと感心するよ」

監視者は朝露《あさつゆ》の涙を浮かべてげらげらと笑った。

私の質問も、土の中の誰《だれ》かに報告されているのかも知れない。


丘の墓地には、小人さんが住んでいる。

髭《ひげ》をはやした、妖精《ようせい》さん達。

墓石の下に住んでいて、とても器用。

人の捨てた色々なものを細工して、自分達で使っている。

「おはよう、小人さん達」

「おはよう、可愛《かわい》い〝魔女〟さん」

小人さんは誇らしげに見せる。人間の前歯の、鋭い石斧《いしおの》。

「ねえ。それ、使いやすい？」

「おお、とても使いやすいとも。軽くて硬くて、とても鋭い。こんないいものを捨てるなんて、人間はなんてもったいないんだ」

「人間はみんな、たくさん口の中に持ってるよ」

「そうなのか。それなら人間が寝てる間に、みんなで行ってもらって来よう。あんなに捨てているんだから、わしらがちょっともらっても構わないな?」

「それはいい考えだねえ、小人さん」


散歩を終えて、おうちに帰る。

木下《きのした》さんの奥さんが、庭に出ている。

「おはようございます、木下さんの奥さん」

奥さんは何も言わずに、家の中に引っ込んでしまった。


私がおうちに帰ると、お父さんとお母さんが食卓についている。

二人とも、黙ってご飯を食べている。

「おはよう、お父さん、お母さん」

二人とも、私を見ない。

「おはよう、クマさん」

私はソファに座った熊《くま》のぬいぐるみに、挨拶《あいさつ》する。

「おはよう、おじいちゃん」

このおうちが古かった頃《ころ》、丁度《ちょうど》この場所で死んだ寝たきりのおじいちゃんに挨拶する。

「おはよう、おばあちゃん」

キッチンの窓から見える木で、首を吊《つ》って死んだおばあちゃんに挨拶《あいさつ》する。

「おはよう、隙間《すきま》の人」

棚と冷蔵庫の隙間から、じっと家の中を見ている目に挨拶する。

「おはよう、引き出し虫さん」

キッチンの引き出しを開けて、中にびっしりと入っている、背中に人の顔の模様がある小さな虫さん達《たち》に挨拶する。

「おはよう、天井の……」

「やめてよっ！」

お母さんがものすごく大きな声を出して、テーブルを叩《たた》いて立ち上がった。

すごく怒っていて、泣きそうな顔をしている。

「どうしたの？　お母さん」

「何よ！　何がいるってのよ！　そこに！」

お母さんはものすごい顔と声で叫んで、私の開けた引き出しを指差す。

「だから、引き出し虫さんだよ。いつもお母さん、虫さん達の中に手を入れて中からスプーンとか……」

「黙りなさいよ！」

お母さんはテーブルの醬油《しょうゆ》さしを投げつけてきた。

醤油さしは私には当たらずに、私の前に立っていた薄っぺらい人に当たって落ちた。

「……大丈夫？　ぺらぺらさん」

「いやっ！　もう嫌よ！　こんなの！」

お母さんはテーブルに倒れこんで、大声で泣き出した。

お父さんは疲れた顔で、私を見ないでぼそぼそと言った。

「……その何にもないところに挨拶するの、お母さんが嫌がるからやめてくれないか？」

「え？　でも……」

「いいから！」

「……」

怒られたので、私は黙る。

でもそこにいるのに、挨拶しないなんてやっぱり変だ。

「……行ってくる」

お父さんは立ち上がって、泣いているお母さんを置いて会社へと出て行った。

キッチンにはお母さんの泣いている大きな声が響いていた。

私は部屋の中にいる人達に、挨拶の続きをする。

「おはよう、ぺらぺらさん。さっきはごめんね」

ぺらぺらさんはぺらぺらと手を振る。私を庇《かば》ってくれた。この人達は、とてもやさしい人達ばかりだ。

……でも、私は知っている。

この人達《たち》は、本当はとても怖いのだ。

私のおうちに、たくさん集まって来ている。

そして私は知っている。きっといつか、この人達はお父さんとお母さんを、寄ってたかって食べてしまうのだ。

だから、私はみんなに挨拶《あいさつ》する。

少しでも長く、お父さんとお母さんが食べられないように。

それでも、私は知っている。

いつか、絶対、お父さんとお母さんは食べられてしまうだろう……

「……おはよう、壁の影法師さん」

お母さんの泣き声が、大きくなる。

†

おうちにいるとお母さんが怒るので、私はまた散歩に出る。

散歩の途中、私はまた色々なモノと出逢《であ》う。

道を歩いていると、蚊柱《かばしら》が立っている。

小さな羽虫が塊《かたまり》になって、立ち昇るように飛び回っている。

そんなたくさんの虫をまとうようにして、緑色に腐《くさ》った人が立っている。

ものすごくイヤな臭《にお》いが広がっているけれど、それは私と虫さんにしかわからない。

虫さんはわかるので、こんなに集まっている。

花の匂《にお》いも、血の匂いも、腐った匂いも、虫さんは好きだ。

蚊柱があるところには、たいてい死んだ人がいる。虫さんと、私だけの秘密だ。

澤田《さわだ》さんちの車の中には、魚が泳いでいる。

窓のガラス越しに見える車の中は、まるで水でいっぱいになっているみたいに、たくさんの魚が泳いでいる。

座席やハンドルの間を、縫《ぬ》うように魚が泳いでいる。

まるで水族館みたいで、私はこの車を見るのが好きだ。

きっと、この車は海に行きたがっているんじゃないかと思う。

でも澤田さんちは、いま事業にしっぱいしていて大変らしい。

この車も、そのうち売られてなくなってしまうかもしれない。そうなったら残念だな、と私は車を覗《のぞ》き込みながら思う。

私は並木道を歩く。

並木道や公園の木が、私は好きだ。

よく眺《なが》めながら散歩をするけど、気をつけなければいけない。もし風もないのに一本だけ揺れている枝や葉があったら、悪い事が起こる。

それは良くないモノが、木の姿を借りて手招きしているのだ。

もし気づいたら、もう手遅れ。気づいたという事は、もう招かれてしまっているという事なのだ。

だからよく木を見る人は、本当に気をつけなければいけない。

知らないおうちの狭い庭に、毛布が干してある。

私は毛布を観察する。毛布の繊維《せんい》に入り込んだ髪の毛を探しているのだ。

自分の髪の毛に知らない間に結び目ができていたり、毛布の繊維とかに髪の毛が入り込んでいるのは妖精《ようせい》の仕立て屋さんの練習の跡だ。

妖精の仕立て屋さんは、季節がうつろうたびに生まれては死ぬ妖精の女王様のため、人の髪の毛で弔《とむら》いの布を作り続けている。

妖精の仕立て屋さんはとても仕事熱心なので、人の髪の毛に結び目を作って留め結びの練習をしたり、落ちた髪の毛を拾っては、毛布やタオルで縫《ぬ》い取りの練習をしている。

そうやって、いつでも仕立ての腕を磨《みが》いているのだ。

弔いの布は冬になって女王様が死ぬと、空に広げられる。

目に見えない弔いの布は死んだ女王様のために翻《ひるがえ》り、その悲しみを表すために、冬のあいだじゅう太陽の光を翳《かげ》らせる。


電話ボックスの、公衆電話が鳴る。

私は出ない。どうせそれは、ひどい死に方をした人達《たち》が、誰《だれ》かに呪《のろ》いの言葉を言うためにかけているのだ。

そんな死者達はいつも誰かに呪いの言葉を聞かせようと、電話をかけている。

でも普通の人は死んだ人の声は聞こえないので、電話に出ても何も聞こえない。

だから死んだ人達は、自分達の声が聞ける人を探して、何度も何度も電話をかけ直す。

無言電話の話を聞くたび、私は思う。

もし家に無言電話がかかってきたら、それは実は死んだ人からの電話かも知れない。

そして人には聞こえない声で、恐ろしい呪いの言葉を話しているかも知れないのだ、と。

散歩道はすぐに尽きる。

私は家に帰るしか、なくなる。

お母さんに怒られないために、私は帰らない。

新しい散歩道を探して、私は全然知らない道へと入ってゆく。

†

知らない森の中に、誰《だれ》からも忘れられた神社があった。

暗い暗い森と藪《やぶ》の中に、今にも倒れそうな、でもこのままの姿で何百年も立っていたのだと思う、朽《く》ち果てた古い木の鳥居《とりい》があった。

そんな鳥居の上に、男の人が立っていた。

夜のような黒い色のマントをすっぽりと着た、眼鏡《めがね》をかけた、髪の長い男の人だ。

「こんにちわ」

私は挨拶《あいさつ》する。

「あなたは神様？　それとも悪魔？」

私はたずねる。神社に立っているのはいつも神様か、そうでなければ悪魔だ。

「――――どちらだと思うね？」

男の人は私を見下ろして、口を三日月のような笑いの形にして答えた。

私は少し考えて、

「悪魔？」

「そうか。ならば『私』を悪魔だと思えばいい。神と悪魔の区別とは、詰まるところそのようなものだからね」

くつくつと笑う男の人。私はからかわれているのかも知れない。

「……よくわかんない」

私は言った。

「でも、あなたの名前はわかるよ。あなた、『神野《じんの》陰之《かげゆき》』って言うんでしょう？」

この人の名前が、私には〝見えた〟のだ。

私はよく、人が違うものに見える事がある。

人の顔が動物に見えたり、物に見えたり。この人は、なぜか『名前』だった。

「……ほう、君は〝見える〟のだね。それは『私』の『器《うつわ》』だ」

男の人は、言った。

「うつわ?」

「君には人の『器《うつわ》』が見えるのだね。あらゆる存在は例えるなら『水』のようなものであり、その形を作る『器』はその存在の本質で、同時に実に無意味なものだ」

からかわれているわけではないらしい。この人は難しい事を言う、そういう人なのだ。

「器って、名前のこと?」

「一面では、そう捉《とら》えても構わないね」

「ふうん……じゃあ、あなたにもう一つ名前があるのは、なぜ?」

私は言う。この人には、もう一つの名前が見えたのだ。

「『三郎《さぶろう》』、って?」

「ほう! そこまで君は見えるのか」

男の人はとても感心したように言って、眼鏡《めがね》の向こうの目を細めた。

「それは『私』の器の幼い頃《ころ》の名だよ。『私』という器に今の水が満たされるより前——つまり『私』がまだ人間だった頃、人の名前は二つあったのだ。一つは幼い子供の頃の名であり、もう一つは大人《おとな》としての名。『神野三郎陰之《じんのさぶろうかげゆき》』。それが、『私』の器を表す名の中では最も正しいものという事になる。

そこまでを見て取るとは、君は希代《きだい》の力を持つ〝魔女〟のようだね。真《まこと》の名を知られたところで支配される身ではないが、それだけの力を持つ君の困難な行く末に、『私』は契約を交わそう。君の大き過ぎ異質過ぎる力は、きっと世界か君自身のどちらかを滅ぼすだろう。君がどちらを望むにせよ、『私』は君の望みを守護しようではないか」

そう言うと男の人は、白い貌《かお》に浮かべた笑みを心の底から楽しそうに、深くした。

「望みを言ってみたまえ」

「え……？　そんなこと言われても……」

私は困った。

「あなたは、願いを叶《かな》えてくれる人なの？」

「その通りだ。『私』は〝夜闇《よやみ》の魔王〟にして〝叶えるもの〟。人の心が望む限りの水を汲《く》み出し、その体が溶け果てるまで潤《うるお》す〝貪欲《どんよく》なる深淵《しんえん》の井戸〟。君が闇に向かう望みを強く強く抱《いだ》けば、それは叶えられると思いたまえ。言ってみたまえ。君はその力ゆえに、すでに望まずにはいられぬほどの不幸を抱《かか》えているはずだ」

私はさらに困る。

「……私、そんなすごいお願いは、持ってないよ？」

「言ってみたまえ」

「たった一つだけずっと叶って欲しいお願いがあるけど、私がお願いしなくても、いつかそうなるって信じてる事だよ？」

「漠然《ばくぜん》とした将来への確信とは、婉曲《えんきょく》だが何よりも強い望みの一つだ」

男の人は頷《うなず》く。

「言ってみたまえ」

彼は、嗤《ワラ》う。

「君の『願望《のぞみ》』は――何だね？」

「……」

静かで強い問い。私は少し迷って、でも思い直して、答えた。

「……みんなが、仲良くなれますように」

私は、言った。

「お母さんも、お父さんも、妖精《ようせい》さんも、幽霊さんも、ぺらぺらさんも、木下《きのした》さんも、みんなも、神様も、悪魔も――それから私も、みんな仲良くできますように」

私は鳥居《とりい》の上の男の人を見上げて、言った。

「でも一番仲良くして欲しいのは、お母さんとお父さん。きっと妖精さん達《たち》が見えないから、えーと……誤解、してると思うの」

私は、心の底から言う。

「だから、みんな仲良くできますように」

「なるほど」

「……叶《かな》えてくれる？」

「もちろん。君が望む限り、必ず叶うだろう」

男の人は、答えた。

「だがそのためには、君はいつまでも、誰《だれ》よりも強く望み続けなければいけないよ。君はこれまでのように、これから先もずっと、君を君たらしめているその異常な力のために、たくさんの異常なものと出遭《であ》い、異常な力を持つ人間と出遭うだろう。

そして君の出会う者達は、君が抱《かか》えるものと同じ種類の異常によって、そのことごとくが恐るべき末路を迎えるだろう。そして君は、それを何度も、延々と見続けるだろう。それでも――君は、同じ望みを抱《いだ》き続けなければならないよ。何を見ても、何があっても。本当なら君が死んでしまうような事態が起こっても、君が望みを誰よりも強く持ち続ける限り、『私』は君を守護する。それは君が死ぬよりもつらい事だ。……できるかね？」

問いかける男の人。でも私は一秒も迷わずに答えた。

「……うん、わかった」

「よろしい」

男の人は、うっすらと暗い笑いを浮かべた。

私は男の人がイタズラな妖精さんみたいに消えてしまわないように、じっと瞬《まばた》きをしないで男の人を見上げた。

男の人はチェシャ猫のように笑っていたが、消えたりはしなかった。

「ならば――〝物語〟を始めよう」

黒い外套《がいとう》の男の人は、森の朽《く》ち果てた鳥居《とりい》の上で、まるで絵本の中の魔王のように、暗い笑みを浮かべて私に言った。

あとがき

まずは、この本を手に取って下さった、貴方《あなた》に御礼申し上げます。

お久し振りです、甲田《こうだ》学人《がくと》です。あるいは、初めまして。


この短編（中編？）シリーズは、一度ハードカバーで出版された『夜魔《やま》』の文庫化です。

ただ、すでに文庫一冊分の分量があった元の収録作に書下ろしを加えるため分冊が望ましいという事になり、それならばと一つの試みとして、一本ずつの書下ろしを加えＭＷ文庫と同月発売する形にしてみました。

怪談性の強いものをＭＷ文庫に、幻想性の強いものをこちらに収録しています。

よろしければ、お好みでお選び下さい。


さて……

前置きが長くなりましたが、ようこそ。

この本は、私、甲田学人の最原点となる本です。

私が初めて書いた小説であり、また私が物書きデビューするきっかけにもなった『罪科釣人《トガツリビト》奇譚《キタン》』と、それに連なる魔女と魔人、二人の狂言回《きょうげんまわ》しによる物語。これらは「物書きとしての私はここから始まった」と言って、過言《かごん》のないものであると断言します。

全《すべ》ては、子供の頃《ころ》の私が怪奇と幻想に惹《ひ》かれていた事から始まりました。

私は、かつての私に贈るために、これらの話を書いています。

ハードカバー版のあとがきから引いてもう一度言わせて頂くと、これらの編のいずれかが皆様の心の中に小さな『違和感』として残るなら、この作品の在《あ》り方としてそれ以上のものはありません。

怪奇、幻像、少年、少女、魔人、魔女、狂気、恐怖――――そんな単語に何かを感じる子供達《たち》と、それが長じた大人達に、この物語を捧《ささ》げます。

願わくば、この物語を楽しんでいただけます事を。

そして願わくば、皆様の心に刺さる、小さな棘《とげ》になれます事を。

それでは、この本に関《かか》わった全ての人達に、感謝を送りつつ――――

二〇〇九年　十一月　甲田学人

◉甲田学人著作リスト

「Missing 神隠しの物語」（電撃文庫）
「Missing2 呪いの物語」（同）
「Missing3 首くくりの物語」（同）
「Missing4 首くくりの物語・完結編」（同）
「Missing5 目隠しの物語」（同）
「Missing6 合わせ鏡の物語」（同）
「Missing7 合わせ鏡の物語・完結編」（同）

「Missing8　生贄の物語」（同）
「Missing9　座敷童の物語」（同）
「Missing10　続・座敷童の物語」（同）
「Missing11　座敷童の物語・完結編」（同）
「Missing12　神降ろしの物語」（同）
「Missing13　神降ろしの物語・完結編」（同）
「断章のグリムⅠ　灰かぶり」（同）
「断章のグリムⅡ　ヘンゼルとグレーテル」（同）
「断章のグリムⅢ　人魚姫・上」（同）
「断章のグリムⅣ　人魚姫・下」（同）
「断章のグリムⅤ　赤ずきん・上」（同）
「断章のグリムⅥ　赤ずきん・下」（同）
「断章のグリムⅦ　金の卵をうむめんどり」（同）
「断章のグリムⅧ　なでしこ・上」（同）
「断章のグリムⅨ　なでしこ・下」（同）
「断章のグリムⅩ　いばら姫・上」（同）
「断章のグリムⅪ　いばら姫・下」（同）
「夜魔」（単行本　メディアワークス刊）

本書に対するご意見、ご感想をお寄せください。

■

あて先

〒160-8326 東京都新宿区西新宿4-34-7
アスキー・メディアワークス電撃文庫編集部
「甲田学人先生」係
「三日月かける先生」係

■

電撃文庫

夜《や》魔《ま》 -奇《き》-

甲田学人《こうだがくと》

発行 二〇一〇年一月十日 初版発行

発行者 髙野 潔

発行所 株式会社アスキー・メディアワークス
〒一六〇-八三二六 東京都新宿区西新宿四-三十四-七
電話〇三-六八六六-七三一一（編集）

発売元 株式会社角川グループパブリッシング
〒一〇二-八一七七 東京都千代田区富士見二-十三-三
電話〇三-三二三八-八六〇五（営業）

装丁者 荻窪裕司（META＋MANIERA）

印刷・製本 旭印刷株式会社

ISBN978-4-04-868277-0 C0193

電撃文庫創刊に際して

文庫は、我が国にとどまらず、世界の書籍の流れのなかで〝小さな巨人〟としての地位を築いてきた。古今東西の名著を、廉価で手に入りやすい形で提供してきたからこそ、人は文庫を自分の師として、また青春の想い出として、語りついできたのである。

その源を、文化的にはドイツのレクラム文庫に求めるにせよ、規模の上でイギリスのペンギンブックスに求めるにせよ、いま文庫は知識人の層の多様化に従って、ますますその意義を大きくしていると言ってよい。

文庫出版の意味するものは、激動の現代のみならず将来にわたって、大きくなることはあっても、小さくなることはないだろう。

「電撃文庫」は、そのように多様化した対象に応え、歴史に耐えうる作品を収録するのはもちろん、新しい世紀を迎えるにあたって、既成の枠をこえる新鮮で強烈なアイ・オープナーたりたい。

その特異さ故に、この存在は、かつて文庫がはじめて出版世界に登場したときと、同じ戸惑いを読書人に与えるかもしれない。

しかし、〈Changing Times,Changing Publishing〉時代は変わって、出版も変わる。時を重ねるなかで、精神の糧として、心の一隅を占めるものとして、次なる文化の担い手の若者たちに確かな評価を得られると信じて、ここに「電撃文庫」を出版する。

1993年6月10日
角川歴彦